梁晓声 著

# 普通人

与大师面对面精品丛书

首都师范大学出版社

**图书在版编目（CIP）数据**

普通人/梁晓声著．—北京：首都师范大学出版社，2013.5（2017．2重印）
ISBN 978-7-5656-1507-8

Ⅰ．①普…　Ⅱ．①梁…　Ⅲ．①短篇小说—小说集—中国—当代
②散文集—中国—当代　Ⅳ．①I217．2

中国版本图书馆 CIP 数据核字（2013）第 091935 号

**与大师面对面精品丛书**
**PU TONG REN**
**普通人**
梁晓声　著

---

责任编辑　于胭梅　　　　封面设计　王　尧
责任校对　李佳艺　　　　责任印制　何景贤
首都师范大学出版社出版发行
地　址　北京西三环北路 105 号
邮　编　100048
电　话　68418523（总编室）　68981197（发行部）
网　址　www. cnupn. com. cn
三河市博文印刷有限公司印刷
全国新华书店发行
版　次　2013 年 6 月第 1 版
印　次　2017 年 2 月第 3 次印刷
开　本　710mm×1000mm　1/16
印　张　12
字　数　147 千
定　价　22.00 元

---

# 全世界的母亲多么相像

——梁晓声作品读后感

好书对读者产生的效果，不是说服而是感动。读梁晓声先生的《母亲》(《慈母情深》)，曾经让我泪流满面。这不仅折射出文字本身所具有的那种温暖的忧伤，于我也是一种灵魂质地的检测，它表明我依然具有柔软纯净的心灵。惠特曼说过："全世界的母亲多么相像！她们的心始终一样。每一个母亲都有一颗极为纯真的赤子之心。"梁先生笔下的母亲，是普天之下所有母亲的一个缩影、一扇窗户，打开她，必将打开一切母爱的情感闸门。因此，由"我的母亲"到"天下母亲"，由"一位母亲"到"万千母亲"，是我们选择此书的一个自然生发的情感逻辑。读书，不过是一个"推己及人"又"推人及己"的循环往复、螺旋上升的过程。在这个过程中，没有任何人对你说教，而你却能在不知不觉中深受其教。读梁晓声先生的书，便是如此。

王崧舟

2012 年 6 月 29 日

王崧舟，男，1966 年 10 月出生，浙江上虞人。大学本科学历。中学高级教师，特级教师。系国家级学科带头人、全国五一劳动奖章获得者、浙江省小语会副会长、杭州市小语会会长。现任杭州市拱宸桥小学教育集团理事长兼拱宸桥小学校长。

# 读梁晓声作品感悟

他是一个和读者面对面蹲着说话的人。他并不认为当了作家就是缪斯的代言人，就可以俯视大地，挥斥方遒。他感念苍生，始终默默关注着普通人的命运，忧百姓之忧，想百姓所想。

基因决定性格，性格影响人品。有的人有猴气，有的人有虎气，有的人只有猫的媚态。梁晓声兼有牛的执著和羊的善良。他的作品字里行间弥漫着一种悲天悯人的气质。他是普通百姓的代言人和讴歌者。这正是梁晓声的本色，也是他的作品富有生命力、能长久打动人心的缘由。

潘国彦

潘国彦，男，中共党员，编审。曾任新闻出版署图书司副司长；《中国新闻出版报》副总编辑；《中国出版年鉴》主编；国家出版局综合处副处长；新闻出版署办公室秘书处处长；新华社《中华人民共和国年鉴》编委；中国图书评论学会理事；中国出版工作者协会常务副秘书长、北京市新闻出版局出版顾问团顾问。已在境内外发表评论、散文、报告文学、书评、研究报告200多万字。

# 青少年朋友的良师益友

## ——梁晓声作品读后感

梁晓声，从二十世纪七十年代末期开始写作和发表作品。八十年代初期，他的短篇小说《这是一片神奇的土地》《父亲》和中篇小说《今夜有暴风雪》连续获得全国优秀中、短篇小说奖，梁晓声这个名字便为海内外众多读者所知晓。他身为知识青年，曾在黑龙江北大荒这个荒芜而肥沃的土地上长期磨炼，经历了生活的苦辣酸甜。风霜雨雪的丰富见闻，铸就了他坚韧的素质、顽强的毅力和不屈的精神。梁晓声通过小说展现了生动、鲜活而泥土气息浓郁的现实生活和有血有肉的人物形象，感染并感动、教育着读者，其撼人心魄的艺术魅力给人以巨大的激励与鼓舞。他塑造的丰富多样的艺术形象使人过目难忘，历久弥新——这是梁晓声作品给人最鲜明的印象，也是他最重要的特征。

进一步走近梁晓声，我们还看到他那些被人称为“另类散文”的大量著作。这里，有关于父兄姐妹、亲朋邻里、社会人生以及国际时事等多方面生活内容的文字，不仅数量可观，而且独具特色。有人评论说，他的这些作品的特色是“爱憎分明，嬉笑怒骂，皆成文章；情真意切，人间苦乐，皆成文章；从前、现在或将来，世事纷繁，点点滴滴，所见所闻，所思所想，皆成文章；猛兽昆虫，生命百态，信笔写来，皆成文章”。可见，他写作选材之广泛，思维之独特，文笔之跌宕，情感之率真，实可谓皇皇大观，独树一帜——这是梁晓声作品的又一个重要的特征。

在《关于母爱》一文中，他说：母亲们为了儿女能够无忧无虑地幸福生活，不管儿女是否呆傻、疯癫、残疾以至瘫痪，甚至面目奇丑，类似非人，而母亲的爱都时时刻刻不离开他的身边，绝不嫌弃、不放弃，甚至奉献出自己的一切，而又无私无怨无悔。

梁晓声作品中洋溢着一种伟大的爱，震撼人的肺腑，洗涤人的灵魂，让人心灵充满温情善良，充满了爱，实属人性中最美最美的那一部分。在《感激》一文中，他述说自己几十年生活中曾遇到过的许许多多的好人，得到过的无数的关怀、爱护、帮助和支持，这种种美好，使他备感温暖，充满力量。今天一想起来，常常便会油然而生无限的感动、感激和感怀的情愫，以致影响着他的人生，决定着他人生的走向和一切。

正是这种真诚的爱，使他终生难忘，从而内心产生强烈而深挚的感激之情，并且让他决心以种种努力去回报他人，回报社会——显然，这是梁晓声能够取得今日成功的重要原因之一。

现在，看了首都师范大学出版社即将出版的《梁晓声精品集》，感到这正是广大青少年最需要的好作品。我为此深深感动。这里有青少年心灵成长最重要的营养——教人懂得善良和感恩，教人在贫困中依然保持一种乐观和向上的尊严。今天能够及时读到这部如此内容丰富、感人至深的文字，实在是一种缘分，一种幸运。

胡德培

胡德培，男，编审。新闻出版事业突出贡献奖获得者。1959 年四川大学中文系毕业，在《文艺报》、人民文学出版社从事文学编辑工作。曾担任《新文学史料》和《当代》杂志副主编，有《〈李自成〉艺术谈》《艺术规律探微》《胡德培散文》《瞩望星河——近二十年中国长篇小说艺术》《文学缘——近半个世纪我所接触的作家》等著作。

# 目　录

# 初|恋|杂|感

# 初恋杂感

初恋所以令人难忘、盖因纯情耳。

纯情原本与青春为伴。青春已逝，纯情也就不复存在了。

我的初恋发生在北大荒。许多读者总以为我小说中的某个女性，是我恋人的影子。那就大错特错了。她们仅是一些文学加工了的知青形象而已。是很理想化了的女性。她们的存在，只证明作为一个男人，我喜爱温柔的，善良的，性格内向的，情感纯真的女性。

有位青年评论家曾著文，专门研究和探讨一批男性知青作家笔底下的女性形象，发现他们（当然包括我），倾注感情着力刻画的年轻女性，尽管千差万别，但大抵如是。我认为这是表现在一代人的情爱史上惨淡的文化现象和倾向。开朗活泼的性格，对于年轻的女性，当年太容易成为指责与批评的目标。在和时代的对抗中，最终妥协的大抵是她们自己。

文章又进一步论证，纵观大多数男性作家笔下缱绻呼出的女性，似乎足以得出结论——在情爱方面，一代知青是失落了的。我认为这个结论是大致正确的。我那个连队，有一排宿舍——破仓库改建的，东倒西歪。中间是过廊，将它一分为二。左面住男知青，右面住女知青。除了开会，互不往来。幸而知青少，不得不混编排。劳动还往往在一块儿。既一块儿劳动，便少不了说说笑笑，却极有分寸，任谁也不敢超越。男女知青打打闹闹，是违反行为规范和道德准则的，是要受批评的。但毕竟都是少男少女，情萌心动，在所难免。却都抑制着。对于当年的我们，政治荣誉是第一位的。情爱不知排在第几位。

星期日，倘到别人的连队去看同学，男知青可以与男知青结伴而行，不可与女知青结伴而行。为防止半路汇合偷偷结伴，实行了“批条制”——离开连队，由连长或指导员批条，到了某一连队，由某一连队的连长或指导员签字。路上时间过长，便遭询问——哪里去了？刚刚批准了男知青，那么随后请求批条的女知青必定在两小时后才能获准。堵住一切“可乘之机”。

如上所述，我的初恋于我实在是种“幸运”，也实在是偶然降临的。那时我是位尽职尽责的小学教师，二十三岁。已当过班长，排长。获得过“五好战士”证书，参加过“学习毛主席积极分子代表大会”。但没爱过。我探家回到连队，正是九月，大宿舍修火炕，我那二尺宽的炕面被扒了，还没抹泥。我正愁无处睡，卫生所的戴医生来找我——她是黑河医校毕业的，二十七岁。在我眼中是老大姐。我的成人意识确立得很晚。

她说她回黑河结婚。她说她走之后，卫生所只剩卫生员小董一人，守着四间屋子，她有点不放心。卫生所后面就是麦场。麦场后面就是山了。她说小董自己觉得挺害怕的。最后她问我愿不愿在卫生所暂住一段日子，住到她回来。

我犹豫。顾虑重重。她说：“第一，你是男的，比女的更能给小董壮壮胆。第二，你是教师，我信任。第三，这件事已跟连里请求过，连里同意。”我便打消了重重顾虑，表示愿意。那时我还没跟小董说过话。卫生所一个房间是药房（兼作戴医生和小董的卧室），一个房间是门诊室，一个房间是临时看护室（只有两个床位），第四个房间是注射室消毒室蒸馏室。四个房间都不大。我住临时看护室，每晚与小董之间隔着门诊室。



除了第一天和小董之间说过几句话，在头一个星期内，我们几乎就没交谈过。甚至没打过几次照面。因为她起得比我早，我去上课时，她已坐在药房兼她的卧室里看医药书籍了。她很爱她的工作，很有上进心。巴望着轮到她参加团卫生员集训班，毕业后由卫生员转为医生。下午，我大部分时间仍回大宿舍备课——除了病号，知青都出工去了，大宿舍里很安静。往往是晚上十点以后回卫生所睡觉。

"梁老师，回来没有？"小董照例在她的房间里大声问。

"回来了！"我照例在我的房间里如此回答。

"还出去么？"

"不出去了。"

"那我插门啦？"

"插门吧。"

于是门一插上，卫生所自成一统。她不到我的房间里来，我也不到她的房间里去。

"梁老师！"

"什么事？"

"我的手表停了。现在几点了？"

"差五分十一点。你还没睡？"

"没睡。"

"干什么呐？"

"织毛衣呢！"

我清清楚楚地记得，只有那一次，我们隔着一个房间，在晚上差五分十一点的时候，大声交谈了一次。我们似乎谁也不会主动接近谁。我的存在，不过是为她壮胆，好比一条警犬——仅仅是为她壮胆。仿佛有谁暗中监视着我们的一举一动，使我们不得接近。亦不敢贸然接近。但正是这种主要由我们双方拘谨心理营造成的并不自然的情况，反倒使我们彼此暗暗产生了最初的好感。因为那种拘谨心理，最是特定年代中一代人的特定心理。一种荒谬的道德原则规范了的行为。如果我对她表现得过于主动亲近，她则大有可能猜疑我"居心不良"。如果她对我表现得过于主动亲近，我则大有可能视她为一个轻浮的姑娘。其实我们都想接近，交谈，彼此了解。

小董是牡丹江市知青，在她眼里，我也属于大城市知青，在我眼里，她并不美丽，也谈不上漂亮。我并不被她的外貌吸引。

每天我起来时，炉上总是有一盆她为我热的洗脸水。接连几天，我便很过意不去。于是有天我也早早起身，想照样为她热盆洗脸水。结果我们同时走出各自的住室。她让我先洗，我让她先洗，我们都有点不好意思。

那一天中午我回到住室，见早晨没来得及叠的被子叠得整整齐齐，房间打扫过了，枕巾有人替我洗了，晾在衣绳上。窗上，还有人替我做了半截纱布窗帘。放了一瓶野花。桌上，多了一只暖瓶，两只带盖的瓷杯，都是带大红喜字的那一种。我们连队供销社只有两种暖瓶和瓷杯可卖。一种是带"语录"的，一种是带大红喜字的。我顿觉那临时栖身的看护室，有了某种温馨的家庭气氛。甚至由于三个耀眼的大红喜字，有了某种新房的气氛。我在地上发现了一截姑娘们用来扎短辫的曲卷着的红色塑料绳。那无疑是小董的。至今我仍不知道，那是不是她故意丢在地上的。我从没问过她。

我捡起那截塑料绳，萌生起一股年轻人的柔情。受一种莫名其妙的心理支配，我走到她的房间，当面还给她那截塑料绳。那是我第一次走入她的房间。我腼腆至极地说："是你丢的吧？"

我捡起那截塑料绳，萌生起一股年轻人的柔情。受一种莫名其妙的心理支配，我走到她的房间，当面还给她那截塑料绳。

她说："是。"

我又说："谢谢你替我叠了被子，还替我洗了枕巾……"

她低下头说："那有什么可谢的……"

我发现她穿了一身草绿色的女军装——当年在知青中，那是很时髦的。还发现她穿的是一双半新的有跟的黑色皮鞋。

我心如鹿撞，感到正受着一种诱惑。

她轻声说："你坐会儿吧。"

我说："不……"

立刻转身逃走。回到自己的房间，心仍直跳，久久难以平复。

晚上，卫生所关了门以后，我借口胃疼，向她讨药。趁机留下纸条，写的是——我希望和你谈一谈，在门诊室。我都没有勇气写"在我的房间"。

一会儿，她悄悄地出现在我面前。我们也不敢开着灯谈，怕突然有人来找她看病，从外面一眼发现我们深更半夜地还待在一个房间里……

黑暗中，她坐在桌子这一端，我坐在桌子那一端，东一句，西一句，不着边际地谈。从那一天起，我算多少了解了她一些：她自幼失去父母，是哥哥抚养大的。我告诉她我也是在穷困的生活环境中长大的。她说她看得出来，因为我很少穿件新衣服。她说她脚上那双皮鞋，是下乡前她嫂子给她的，平时舍不得穿……我给她背我平时写的一首首小诗，给她背我记在日记中的某些思想和情感片断——那本日记是从不敢被任何人发现的。她是我的第一个"读者"。

从那一天起，我们都觉得我们之间建立了一种亲密的关系。她到别的连队去出夜诊，我暗暗送她，暗暗接她。如果在白天，我接到她，我们就双双爬上一座山，在山坡上坐一会儿，算是"幽会"。却不能太久。还得分路回连队。我们相爱了。拥抱过。亲吻过。海誓山盟过。都稚气地认为，各自的心灵从此有了可靠的依托。我们都是那样地被自己所感动。亦被对方所感动。觉得在这个大千世界之中，能够爱一个人并被一个人所爱，是多么幸福多么美好！但我们都没有想到过没有谈起过结婚以及做妻子做丈夫那么遥远的事。那仿佛的确是太遥远的未来的事。连爱都是“大逆不道”的，那种原本合情合理的想法，却好像是童话……

爱是遮掩不住的。后来就有了流言飞语，我想提前搬回大宿舍。但那等于“此地无银三百两”。继续住在卫生所，我们便都得继续承受种种投射到我们身上的幸灾乐祸的目光。舆论往往更沉重地落在女性一方。

后来领导找我谈话，我矢口否认——我无论如何不能承认我爱她，更不能声明她爱我。不久她被调到了另一个连队。我因有着我们小学校长的庇护，除了那次含蓄的谈话，并未受到怎样的伤害。你连替你所爱的人承受伤害的能力都没有，这真是令人难堪的事！后来，我乞求一个朋友帮忙，在两个连队间的一片树林里，又见到了她一面。那一天淅淅沥沥地下着雨，我们的衣服都湿透了。我们拥抱在一起流泪不止……

后来我调到了团宣传股。离她的连队一百多里，再见一面更难了。我曾托人给她捎过信，却没有收到过她的回信。

我以为她是想要忘掉我……

一年后我被推荐上了大学。据说我离开团里的那一天，她赶到了团里，想见我一面，因为拖拉机半路出了故障，没见着我……

一九八三年，《这是一片神奇的土地》获奖，在读者来信中，有一封竟是她写给我的！算起来，我们相爱已是十年前的事了。我当即给她写了封很长的信，装信封时，即发现她的信封上，根本没写地址。我奇怪了，反复看那封信。信中只写着她如今在一座矿山当医生，丈夫病故了，给她留下了两个孩子……最后发现，信纸背面还有一行字，写的是——

想来你已经结婚了，所以请原谅我不给你留下通讯地址。一切已经过去，保留在记忆中吧！接受我衷心的祝福！

信已写就，不寄心不甘。细辨邮戳，有“桦川县”字样。便将信寄往黑龙江桦川县卫生局。请代查卫生局可有这个人。然而空谷无音。

初恋所以令人难忘，盖因纯情耳！纯情原本与青春为伴。青春已逝，纯情也就不复存在了。如今人们都说我成熟了。自己也常这么觉得。近读青年评论家吴亮的《冥想与独白》，有一段话使我震慑——

“大概我们已痛感成熟的衰老和污秽……事实上纯真早已不可复得，唯一可以自慰的是我们还未泯灭向往纯真的天性。我们丢失的何止纯真一项？我们大大地亵渎了纯真，还感慨纯真的丧失，怕的是遭受天谴——我们想得如此周到，足见我们将永远地远离纯真了。‘嚎啕大哭吧，不再纯真又渴望纯真的人！’”

他正是写的我这类人。

# 16路公共汽车咏叹调

一九七七年，我从上海复旦大学中文系分配到北京电影制片厂，于是和16路公共汽车结下了不解之缘。

同今天一样，它的起点终点，自然是在北太平庄。

当年北太平庄一带，远没有今天这么热闹。没有远望楼饭店，没有专利局大厦，没有它旁边的电影学院新址，没有电影学院旁边的中国儿童电影制片厂。北影门前的马路，也没有今天这么宽，而且主行线两侧路面是沙土的。春季秋季，大风一起，沙土飞扬，天地玄黄。当年春秋两季里，骑自行车从北影门前驶过的女士，脸面常罩纱巾。望着她们，你竟会觉得自己仿佛是在神秘而落后的异国。左方，自然没有什么立交桥。右方，不消说也没有。不进市区，北太平庄一带，一点儿也不能使你感到，生活在北京与生活在一个荒蛮的小县城究竟有什么区别。北太平庄的“庄”字，最意味着它当年的情景。在我的印象中，伫立北影门前，放眼向右眺去，燕山起伏的脉脊依稀可见。虽身在京都一隅，却能使人不禁地联想到鲍照的诗句“疾见冲塞起，沙砾自飞扬”。或联想到于鹄的诗“碛冷唯逢雁，天春不见花”。我在复旦大学读书时的外国留学生朋友一次到北影访我，见面时他浑身灰土，仿佛刚从水泥搬运工地赶来。他是个大胡子，灰土似乎使他的每一根胡子都变粗了。我给他换了两盆

她很歉意地低垂着头轻声说："可是……我已经有朋友了……"

水他才洗净他的脸和胡子。

我问他对北京有何印象？他委婉地回答："我已经去过长安街和东单西单了……"又问："如果尚未去呢?"他坦言道："那就太像一个大农村了！而且是你们黑龙江那'旮'的。"我曾不免的有些后悔过——毕业时没听从老师的劝说留在上海，义无反顾地就到北京来了是否很理智？如果不是后来我爱上了北影的一位姑娘的话……



她是道具车间的服装员。

当年主动而又热情地关心我之婚姻大事的"老师"们"阿姨"们真不少。我想我活到二十八岁还没自己做主过什么事。我总得试试自己替自己做主的能力。于是我就爱上了她。

某一天晚上，她终于接受了我的虔诚来晤我。月光下的男人还不及月光下的女人一半动人。我当时觉得我是一个丑陋又真挚的朝圣者，而她是一位女神。在那一个晚上，在月光下我觉得她那么的动人。她并非通常所说的什么"佳丽"。我也并不专爱漂亮的脸庞。"动人"是另一个层面的对女性的修饰词。也许还更是男人的主观心态的写照。

可是，她很歉意地低垂着头轻声说："可是……我已经有朋友了……"

我注视着她一时呆住了。

不知过了多久，我也轻声说："对不起……"

之后我便再也找不到适当的话说……

不知又过了多久，我抬起手腕看了看表……

她说："我走吧？……"

我说："是啊，你走吧……"

当时二十八岁的我只想哭。二十八岁的我这一个男人当年不啻是一个大男孩儿，书生气十足且单纯得要命。虽然在北大荒有过初恋发生，但那种特殊年代的经验太特殊。在主动追求方面几乎还是白纸一张。没有预习过。也没有谁告诉过我“谁按规定去爱，谁就得不到爱”或“爱情和战争都需要有必胜的信心”之类格言。我在北大荒的初恋没给我留下什么经验，留下的不过是长久氤氲内心的忧伤……

我想她是领悟了我的暗示才离去的。

望着她的背影我忽然意识到自己太迂腐……

我想追上她。我想我当时是在发呆之后又寻找到了一些可对她说的话的……

并且我确实已在快步赶上她……

然而迟了——返程的16路公共汽车在马路对面停了片刻又开走。它开走后我已不见她的身影……

当年16路公共汽车站的行车路线是从北太平庄到动物园，往返途中在北影门前都有站。她是乘往北太平庄方向。我骑上自行车追至北太平庄，追至22路的起点站。末班车刚刚开走，站上已无一人……

几天后，她随摄制组出外拍景。半年内我再没见过她。又过了半年我还没见过她——据说她接着又上了一部戏……

如今北影周围已经楼群林立了。如今北影门前的马路又宽又直，路上已架起了几座立交桥。如今一条人工环城河漾漾而来漾漾而去。河上的小桥两岸的草地、园、圃，为京都的这一带增添了许多风景。春季里路两旁的桃花和秋季里的菊花开得烂漫一片。到我家做过客的“老外”们，再也没谁说北京像一个大农村了。倒是几乎都说过——“你住的这一带环境真美好！”

当然，如今16路的行车路线也改变了。往返途中不再各站交错了。立交桥使它的运行路线更通畅自由了。

有时我乘16路公共汽车，不禁地想——如果当年的那个夜晚是今天的某一个夜晚，我怎么竟会追不上她？……



妻早已了解了我的16路公共汽车情结，每每地调侃我——“当年的16路是你‘心口永远的痛’吧?”

如今，当年的她已不再变化发型。奥斯丁说过：“假如哪个女人不再变化发式，证明她已迈入了人生的安稳阶段。”

我衷心祝福她。

如今妻也不再变化发型了。任劳任怨地做着贤妻良母。

我，也不经常刮胡子。

男人不经常刮胡子证明些什么，似乎还没有哪一位名人说过一句格言。

而我要说的是——“在城市里恋爱的青年男女，掌握附近公共汽车运行时刻的规律，是不无必要的啊！……”

# 家，一类“合资单位”

某日李国文老师打来电话，似乎是在他因胆囊炎住了十几天医院之后，不知怎么，我们就谈到了“家”。

记得他当时在电话里语重心长地这么说：“想来想去，人生好比一叶舟。毕竟的，家是最有停靠权的一处港湾了。人过中年，没有家简直是不可想象的。离婚者们，说到底是为了再寻找一处港湾。没了这一希望的支撑，离婚就只是不幸了……”

放下电话，细细思忖国文老师的话，觉得很是年长者的肺腑之言。并且从中体会到，他对我的关心，乃是从最根本处引申的。

是啊，全因了有家，活着才是有些情趣的事。当然，这一点于小青年们也许恰恰相反。但于人到中年和中年以后的男人女人们，却是一个无可争议的事实。动物受了伤，还要回到自己的洞穴卧下舔舔伤口呢。中年人是人生最常受伤也最需要一声不哼地毅忍精神的年龄阶段。倘没家，则连个足可以卧下舔伤口的所在都没有了。同样是一声不哼地舔伤口，比较起来，有个家和没有个家那情形是大不一样的……

目前，国内“合资单位”多得不得了。我以为“家”是最可靠的“合资单位”。夫妻双方的收入和支出，都记在一本账上，而且是明账。即或各有什么“私房钱”、“小金库”，也是在并不影响大局的前提之下的"财经截留"行为。不像某些双方诚意有限的"合资单位"，尔虞我诈，一方稍疏于警觉，就被另一方坑蒙拐骗了。就算不被坑蒙拐骗，一遇逆境，往往各顾私利，撕毁合同，分道扬镳，全无半点儿同舟共济的精神。



稳定的家庭，像最可靠的"合资单位"。关系虚设的家庭、名存实亡的家庭关系，自然便像两个没有任何道义可讲的"合资"伙伴组成的"皮包公司"什么的了。一方有难，另一方要不釜底抽薪才怪了呢！

家庭的"合资"关系当然不仅仅是收入和支出的流水账簿子。双方的"投资"，还包括各自的情感，各自的责任感，各自那份儿吃苦在先、享受在后，同甘苦，共患难的精神。而且，其主要"投资"应体现于后几方面……

据说，西方实行结婚之际，各自财产单独公证。有些中国人，也开始效仿了。究竟是人类基本生活态势的更趋文明和进步，还是更趋物化得没指望了，我没太细想过，也没那份儿闲心细想。

我个人没什么大宗财产，妻子也没有陪嫁过来大宗嫁妆。不管这世界变得多么文明和进步，我们那点儿东西——月薪、感情、对我们这个三口之家的责任感、对子女和老人的义务，还是要统统地混合在一起过生活的。大多数中国人似乎都是这样的。大多数外国人也是。足见没有大宗的财产，对大多数中国人、外国人，未见得不是一件省心的事。

家庭这个"合资单位"和什么"股份有限公司"是不尽相同的，也不可以没有区别。"股份有限公司"讲"分红"，"分红"不均就要闹"内讧"，就会有断然"撤股"的。家庭这个"合资单位"，依我想来，还是要讲"共产主义原则"的。也就是说——还是要讲"共同富裕"的好。如果也讲"使一部分人先富起来"，也搞到贫富悬殊、两极分化的地步，则“家将不家”了……

我庆幸自己是在一个可靠的“合资单位”里任职——任着丈夫之职、父亲之职，兼任儿子之职、兄弟之职。较累。全力以赴地任着。但是并不曾产生过“跳槽”的念头。夫妻二人也都没有谁打算“炒”谁“鱿鱼”的暗想……

儿子“代培”在我们这个“合资单位”里，看来还挺快乐的……

祈祝许许多多“家”这样的“合资单位”经济效益好，精神效益也好，更加“共产主义”化而不是更加“股份”化、“私有”化……

# 我的发小

——大小的故事

中国底层百姓之间，当年那一种互谅互恕是多么可贵呢！

大小是二小的哥哥。

一月底的一天上午，大约九点钟左右，我正打算伏案写作，听到了轻轻的敲门声。其实我已听到它响过两遍了。二十分钟前我正吃饭时听到了一遍。半小时前我正洗脸时听到了一遍。也许，在我还没起床时，门外来客也敲过门，只是我没听见罢了。由于去年厂里分房子，上下左右的楼层，都有调换住房新搬来的人家，且都进行装修。起初我将听到的两遍敲门声，当成那些人家装修时的凿砸声了……

我不记得我约了什么人上午光临。

也不到收煤气费的日子。

我满腹狐疑地起身去开了门，见门外站着一位穿旧皮夹克的“老小伙子”。说他是“老小伙子”，乃因他面无胡须，发色挺黑，脸上仍遗留着某种少壮时期的青春残痕。但是额头、眼角、嘴巴的几条深深的皱纹，告诉我他的实际年龄必已在四十开外无疑。

他开口便叫我“二哥”。叫得我不禁一怔。

“你是……”

我满腹狐疑地起身去开了门，见门外站着一位穿旧皮夹克的“老小伙子”。说他是“老小伙子”，乃因他面无胡须，发色挺黑，脸上仍遗留着某种少壮时期的青春残痕。

“我是大小儿呀。老卢家的大小儿！”

我依稀地认出了他是谁。立刻联想到他的弟弟二小儿半年多以前也到过我家的情形——大小儿看去反倒比二小儿年轻些。身材看去比他的弟弟高大些。精神面貌似乎也不像二小儿那么颓丧。他左手拎皮箱，右手拎布兜。

在我的小说《一个红卫兵的自白》中，开篇第一段就提到我家的老邻居卢叔。大小儿和二小儿，都是卢叔的儿子。卢叔还有两个女儿。一个是二小儿的姐，一个是二小儿的妹。大小儿是卢家四子女中的老大。如今老街早已拆除。老邻居们早已分散搬迁。除了我在半年前见过二小儿，已十来年没见过大小儿和卢家的两个女儿。只知二小儿和卢家的两个女儿也下过乡，卢叔和卢婶已去世……

我将大小儿请进门，待他坐定，问他是不是已敲过两遍门了？

他有些拘谨地笑笑，说他已敲过三遍门了。

我埋怨他说，你怎么不敲重点儿啊？

他又笑笑，说怕我还没醒，搅了我的觉。

二小儿在我家里也是很拘谨的。尽管我的家简陋得和一般工人的家没什么两样。他们的拘谨使我内心里多少有点儿难受。并联想到鲁迅先生在他的小说《闰土》中，描写自己多年以后回家乡见到闰土时那种复杂的心情。对鲁迅而言，当年他是少爷，闰土是佃户的穷孩子。他们自小的关系，在友好之中，也是介入了难以达到平等的或尊或卑的因素的。可是我家和卢家的关系不是那样的呀！我们两家当年都是喘息在城市最底层的穷百姓呀！是仅仅一墙之隔的近邻呀！现在我的弟弟妹妹们的家也都是下岗工人之家呀！我不过是写小说的。不是当官的。我们梁家，并没因出了我一个写小说的而改换门庭么！想当年，在一个大杂院里住着的时候，他们“二哥二哥”地叫我，又是叫得多么亲啊！当年我下乡之前，经常躲在他们的父亲堆破烂儿的小棚子里翻看收来的旧报刊。而我下乡以后，每次探家，进家门一小时以后，转身就必去卢家看望卢叔卢婶。记得有一年我探家，适逢母亲和卢叔卢婶刚刚闹过矛盾，关系僵得甚至要由派出所来出面调解。起因是由于大小儿结婚，在他家窗前接出了一间房子，挡了我家的煤棚开不了门。我首先批评了母亲，说大小儿结婚，当然必得接出一间房子。事出无奈，实属可谅。接着去到卢家，替母亲主动说些和好的话。

感动得卢叔卢婶一人拉住我一只手，不停地抖动着，连说："也不能责怪你母亲，也不能责怪你母亲！……"感动得大小儿哭了，穿上鞋便冲出家门，闯入我家，向我母亲承认他和我母亲争吵是没大没小，是很不对的……

中国底层百姓之间，当年那一种互谅互恕是多么可贵呢！

但这一种关系，似乎已由于他们当年的"二哥"成了一个写小说的人，而在质量上有所嬗变了。我猜测大小儿的到来，一定又是像二小儿的到来一样有难事相求。并且估计到了可能是哪儿方面的事。也许，正因为有难事相求，大小儿二小儿在我面前才一样的拘谨吧？同时想到，我除了说些体恤的话，肯定还是帮助不了什么的。而这，才正是我内心里多少有点儿难受的原因。

我问："玉龙，你住下了么？"

他连说："二哥，我住下了住下了。"

我又问："住哪儿了，看你这样子像刚下火车似的啊！"

他说："住在我弟上次来住的那个地方。我弟给我画了图。我昨天一下火车就去那儿了。"

在以上问答过程中，我的心里是很掺伪的。其实是挺怕他没住处，挺怕他要求住在我家的。倘他真的住在我家，我的写作计划肯定就被打乱了。而我正惜时如金地为某刊赶稿。这使我难免地先替自己考虑。像许多人一样，亲情正从我心中一部分一部分地流失。我常对自己说，比之其他，亲情才是最可宝贵的，可当亲情妨碍其他之时，又往往无可救药地将其他看得比亲情主要。仿佛亲情是核桃，是可以长久地放置的东西。而其他是葡萄，摆在面前，必须及时吃光，否则隔夜便会烂了。而烂了又会使自己十分惋惜。当代人的所重所要，往往是最实利的东西。不知从哪一天起，我这个自认为也被认为珍视亲情的人，似乎已经变成了一个实利第一，亲情不知第几的人了。似乎已经变成了一个凡事当前，先替自己着想的人了。似乎已经变成一个在时间和精力方面，只够做与自己的实利相关的事的人了。当然，大小儿不过是老邻居的儿子。我和他之间的关系，不过是亲情中俯仰皆是的一种关系。但谁又能说这一种关系就不值得敞开襟怀真诚地予以拥抱呢？我通过一篇稿子与某刊的关系，又何尝不是写作之人寻常日子里俯仰皆是的一种关系呢？为什么两种关系并列之时，在我这儿，在我的意识里，总是后一种关系"克"前一种关系呢？我分析自己，对自己的变，每每的产生厌恶。

我又说："玉龙，其实你也可以住在家里的，何必住在外边呢？"

大小儿说："还是住在外边好。住在家里，太给二哥添乱了！"

我的话很虚伪。

他的话很真诚。

他又说："二哥，没想到，你还能记住我大名！"

我说："若忘了你的大名，那还是你的二哥么？"

其实，是由于二小儿半年前来过，他的大名才在我头脑中又成为了一种较新的记忆。

他看了看我家的钟，不安地说："二哥，我走了，再待下去就影响你写作了！"说着站起，往外便走。

我一把扯住他："没关系没关系！再坐会儿。怎么能说走就走呢！"

他看了一眼我铺排在桌上的稿纸，执意要走。

"差点儿忘了。十多年没见了，也没什么好带的，只给二哥带了几只飞龙！"

他说着打开皮箱，竟是一皮箱叫飞龙的死禽。

我诧异地问："你从哪儿搞的？这可是国家保护禽类呀！"

他说："我知道二哥身体不好，特意去小兴安岭找猎户给二哥买的。"

他仅饮了几口茶，留下十只飞龙，匆匆告辞而去。

我一上午没再动笔，不得不收拾那十只飞龙。怕发出腐味儿，不能吃了，糟踏了他千里迢迢一片心意。我想，那是珍贵野味儿，每只怎么也得二十元。去了一趟小兴安岭，再带到北京来，还要住旅店，尽管那是一家每张床仅二十元的街道小旅店，他此行怎么也得花费五六百元。五六百元起码是哈尔滨市下岗工人三个月至四个月的工资啊！而我，他的"二哥"，又将注定了什么也帮助不了他……

隔日是公休日，我亲自去那街道小旅店将大小儿接到家中，陪他看录像，陪他叙谈。妻在厨房里忙忙碌碌地做菜做饭。依妻之见，莫如陪大小儿到街角的小酒店吃一顿。可我想，还是在家里招待他会使他感到亲切……

我陪了他整整一下午。没料到他既不吸烟，也不喝酒。看得出是真的烟酒不沾，不是故意在我面前装的。在他这种年龄的男人中，委实是不多的。他仅小我六岁，四十二了。除了没下乡，和我一样，中国的其他什么灾难都经历过了。经历是时代的标志。许许多多贫穷百姓家长大的人，在中国的一场又一场天灾人祸中，除了学会毅忍，还往往同时学会了吸烟喝酒。大小儿的烟酒不沾，可以说是一个例外。这不禁使我从内心里非常地赞赏他。

吃罢饭，照了几张合影，他高高兴兴地离去了。

星期一，上午我正欲出门去厂里开会，大小儿来电话了。



他吞吞吐吐地问："二哥，我……这会儿可以来和你谈谈么？……我打算明天回去。"

我犹豫了一下，回答他当然可以。于是诚心诚意在家里等他。

"二哥，我……是为我弟弟的工作才亲自来麻烦你的……"

我说二哥心里明白。说我答应过的事，总是认真办的。说我特意为二小儿将来存身立命的问题，调动起了一些社会关系，到北京郊区几个经济发展较好的农村联系过，可都遭到了婉言的拒绝。我说的是实话。

"二小儿现在干什么呢？"

"今天这儿，明天那儿，打短工呢！可他也快四十岁了，连个家还没成呢，这也不是常事儿啊！"

"是啊，是不是常事儿。他从北京回去时，我不是给他带上了几封信么？"

"那些信都没起作用。没谁愿真帮咱们忙啊！……"

这，也是我当时就估计到了的。下岗失业的工人一天比一天多的情况下，我一个写小说的人，再恳切的一封信，又能指望真起什么作用呢？当时不过是自欺欺人地给带走了一些"泡沫希望"。好比给赶集的人带了一沓假钞。

"玉龙，你可能也知道的，你三哥夫妇，还有你秀兰姐夫妇，都处在下岗半下岗之境啊！不是二哥不尽力……"

"二哥，你别说了。这件事，我也不难为你了。那么你就再写几封信，帮二小儿把住房问题解决了吧！奔四十的人了，他不能再没个自己的住处了啊！……"

“这……给哪方面的人写信呢？”

“随你便二哥！”

“怎么写呢？”

“让批给我弟一处住房。有一室就行啊！”

“可……”

“二哥，我弟那个人，自小的性格你也是知道的。他最不愿开口求人了！可他是我弟啊！所以我豁出自己的脸面，不怕你烦，亲自到北京来求你了！二哥，你可不能让我失望啊！……”

这是我这个写小说的人常遭遇的情况，也是我这个写小说的人常面临的尴尬。这种时候，只有这种时候，我每每幻想自己是大富翁，大官吏，一句话，几行字，就足以超度人于苦海之外。可我不是啊！再幻想也没意义啊！

“玉龙，你应该明白，我的信是不会起什么作用的。要不是赶上了动迁，你大娘和你三哥四哥秀兰姐他们，不是都还得挤住在耗子窝似的破房子里混子么？……”

“二哥，现在不同了！”

“怎么不同了？”

“现在你出名了啊！见了你的信，有些人是肯给个面子的！”

二小儿来北京找我时，也是这么认为的。只不过没明说罢了。

大小儿和二小儿，这些老百姓子弟啊！现实生活，使他们确信不疑着一个颠扑不破的逻辑：那就是——只要某些官吏肯给个面子，小百姓的一切困难便会迎刃而解。他们直接求不到官吏名下，所以间接地一个继一个之后来求他们的“二哥”。仿佛“二哥”的面子，是任谁都不好意思驳的一种贵重面子似的。而他们所确信不疑的逻辑，又的的确确是生活中的一个普遍的逻辑。这逻辑是连我这个整天排列组合语言的“熟练工”，也用语言推不倒的。我简直没法儿使他们明白，对于能一句话几行字就解决了他们天大困难的某些官吏，我这个写小说的“二哥”的面子，其实是一文不值的。因为在社会上，在他们心目中，我的的确确已经算是个名人了。但那是浪得虚名啊！他们不明白，所谓名人，也是分类的。有的在官吏面前很有面子；有的毫无面子，甚至恰恰是官吏们疏远和反感的。而他们的“二哥”，其实不幸正属于后者。



“玉龙，这不好，即使二哥写了，你拿着谁也见不到的……”

“二哥，这你别管！写吧写吧！只要你写了，其他是我的事儿！……”

我万般无奈，只有写。写了一封，不待他请求，又写第二封，第三封……

那些方面的官吏我一个也不认识。概以“尊敬的”某某局、某某处、某某办公室领导统称。

写罢，又一一郑重其事地盖上我的印章。同时暗想——这是何等荒唐啊！商品时代，最便宜的一套住房也要十多万元啊！无家安身之人不止二小儿一个，我一个写小说的人的一封信，凭什么就值十多万呢？我又是在扮演一个多么滑稽可笑多么不识相的角色呢！

望着大小如获至宝地将那些信一一收入皮箱，我心中的难受顿增。替大小儿二小儿，也替自己。我分明的又是在送给他们假钞以博济穷的好名声一样。我觉得自己类乎骗子。我暗想，大小儿啊，你们怎么还都像孩子似的呢！如果二哥体力精力充沛，其实是更愿多写一部书，用那稿费去替你们租房子的啊！小说家靠稿费是买不起商品房的。替自己也罢，替别人也罢，只能租。又暗想，这也是多么不切实际的念头啊！在我的人际关系中，应该获得我帮助的，又岂止二小儿一人！一个写小说的人，妄图靠自己的一支笔充当济世救穷、遍播慈善的人物，又是多么的想入非非不自量力啊！

“二哥，多谢你了！这我就不算白来求你一次了！”

大小儿感动得不知怎么表达才好。

我说：“玉龙，但愿如此吧！”

接着他就向我聊起他的工作情况，他夫妻的同舟共济的感情，他女儿的学习等等。

大小儿当年是卢家唯一没下乡的子女。分配在铁路上当卸货工。那是很累的重体力活儿。前几年机械化了，他被调到办公大楼当警卫。倒是不必再受累了。但是工资几乎少了一半儿。每月全加上三四百元。他说为了多挣点儿钱，他其实希望再干几年重体力活儿。他不但烟酒不沾，也不爱玩儿。在家里，他是一位典型的好丈夫，好父亲。在单位是那类从不惹是生非的好职工。在社区是安分守己的好居民。他妻子是小商店的店员。他很爱她，也很忠实于她。

“二哥，不瞒你，见过我那口子的，都对我说——你当初怎么不找个漂亮的啊？我心说，当初我家那么穷，漂亮的肯嫁给我么？她当初不嫌我家穷，我就够感激她的了。她就够值得我一辈子恩爱的了！就凭咱这形象，逢年过节，穿上西服，系上领带，也还是有几分帅气的。是吧，二哥？……”

我说：“是的。”

实事求是地讲，他的相貌是会讨女性喜欢的那一种。

“有些认识我的大姑娘小媳妇，对我挺有好感。这个约咱晚上看电影，那个情人节偷偷送咱个小礼物。晚上看电影的好意咱是从来不敢奉陪的。送礼物的，咱也诚心诚意谢谢人家。但咱是有老婆有女儿的男人，才不扯别的呢！咱如今能有个家，二哥你清楚的，那多不容易呀！一天天往好了奔，太难了！可若连这个好不容易才过成现在这样儿的一个家也毁了，那还不比摔碎一只碗还简单呀？她们能真瞧得上咱么？不过一时心血来潮，想跟咱两相情愿地玩玩罢

有些认识我的大姑娘小媳妇，对我挺有好感。这个约咱晚上看电影，那个情人节偷偷送咱个小礼物。晚上看电影的好意咱是从来不敢奉陪的。送礼物的，咱也诚心诚意谢谢人家。

了！咱一个过日子的人，能拿家不当一回事儿，凭着自己的长相儿就陪人家玩玩感情么？那也太对不起我那口子了吧？那我还怎么教育女儿将来有出息呢？

有个开了几家饭馆儿的女人，寡妇，五十来岁了，听说钱可多了。几百万也不止！非让我去给她当二掌柜的。我明白她的意思。说什么也不去。朋友们知道了这件事，就嘲笑我傻。二哥你说我傻么？我想我不傻。人家钱再多，那也是人家的。咱能冲着钱，就撇妻弃女儿，图沾人家点儿钱的光，就去做她名不正言不顺关系不清不白的个男人么？那将来会有什么好下场呢？我就是要一心一意地顾我那个只有三十几平方米的小家，永远做好丈夫，好父亲。我那口子身体不好，家务活几乎都让我抢着做了。我女儿很争气，学习一直挺好的。我辅导不了她，但可以督促她别松懈了学习的劲头呀！二哥，女儿是我将来的希望啊！现在，有些能耐的人，转眼几年就变成富人了。咱不眼红人家。各人有各人的命。咱没能耐，但咱用三代四代的时间争取过上更好的日子还不行么？我已经比我父母那一代过的日子好了。我相信将来我女儿那一代也会比我如今的日子过得再好点儿。我才小学文化，她将来的文化程度一定比我高，怎么会过得反而不如我呢？

二哥，我常对我女儿讲这些道理。让她明白，将来要找一个像我这样对家对下一代负责任的丈夫，她也应该像我关心她的前途一样关心自己儿女的前途，为了自己儿女的前途，也应该像她的父母一样任劳任怨，一心一意地做奉献。国家说到两千年，咱们大部分中国人都能达到小康生活水平。大部分，那就不是全部呗。我常想，我得做好思想准备，到了二〇〇〇年，我一家不在大部分之中，而属于还达到不了小康生活水平的一些人家，那我也不怨天怨地。怨又有什么用呢？那就让我的女儿去努力争取达到吧！别人在二〇〇〇年达到了，咱家在二〇二〇年达到还不行么？二〇二〇年，我才六十多岁嘛！还能看见我女儿赶上了好日子，还能自己赶上过几天好日子。二哥，你说我经常这么想，这么劝自己，这么给自己吃宽心丸儿，对不对？……”



我说：“对……”

他又问：“是不是，太没志气了？……”

我说：“不是……”

“可别人总嘲笑我的想法迂腐……”

“玉龙，你的想法一点儿也不迂腐……”我早已深深地被大小儿的话感动了。

大小儿和二小儿，从小便是穷困老百姓家的孩子。长大，一个四十多岁了，已有了自己的小家，但那小家的生活质量，几乎每一天都在中国水准的贫困线上浮动着，几乎每一天都有沉沦在那贫困线以下的巨大可能。心理和思想意识，几乎每一天都承受着那巨大可能的压迫。一个至今还没有一个自己的小家。甚至连一个起码的栖身之所一张属于自己的床也没有。而且没有稳定的工作。没有稳定的收入。而且从自己命运的明天，暂时还看不到什么希望的曙光。像这城市里的一个人人视而不见的孤魂似的。而城市本身，却在日新月异着。另外的一些人们，却在灯红酒绿着，狂歌劲舞着，追奢逐靡着，一掷千金地高消费着——你难以否定他们也会受到强烈的诱惑。但他们不偷、不抢、不肯索性变成酒鬼和赌徒，不肯堕落为歹人恶人。对社会和时代也不心怀着深仇大恨似的。他们的灵魂里，似乎有一种天生的，到任何时候，在任何情况之下也不会丧失的，对堕落和犯罪的抵抗。在这一种抵抗过程中，他们有时真是表现得像战士一样顽强啊！他们的希望，正体现在他们抵抗堕落和犯罪的顽强之中。

在中国的许多城市中，都有许多大小儿和二小儿这样的中国人。他们的数量，起码是比“先富起来的一部分”中国人多的。他们和她们，我们的许多：大小儿和二小儿一样的同胞兄弟和姐妹们所朝朝日日进行的，顽强抵抗堕落和犯罪的“持久战”，谁说仅仅是他们个人的“战争”呢？起码，应算是中华民族战胜贫穷落后的“战争”的一役吧？这也是中国安定的前提之一啊！

我的感动正在于此……

第二天，大小儿走了。我要给他带上几百元钱，他却说什么也不肯接受。

一想到我为他而写的那几封信的毫无意义，我心里不仅难受，而且感到些罪过了。

在大小儿，需要帮助，一个继一个之后来到北京请求于我的情况下，我竟什么也帮不上他们，再也没有比这种时候，尤其使我备感一个写小说的人的微不足道，无能为力，和……对他人的多余了！

大小儿，如果二哥的那几封煞有介事地盖了印章的信，非但无助于你和你的弟弟，反而使你受辱受奚落的话，千万要原谅二哥的并没什么面子可言啊！

相信你和二小儿，即使真的受辱受奚落了，也会以你们那仿佛天生的，顽强抵抗堕落和犯罪的胸怀，将世上的一切不公平包容的。穷也不堕落！穷也不犯罪！——大小儿、二小儿，你们也是在为一部分中国人做榜样啊！不能给予你们任何实际帮助的二哥由衷地替你们感到骄傲！

许多你们一样的咱们中国人，也许都正看着你们啊！

# 我的发小

## ——二小的故事

我的长篇自白体小说《一个红卫兵的自白》开篇第一章的第一句话是这样的：“我们那个大杂院，共七户。卢家是‘坐地户’。我家和其余五家，都是因动迁从四面八方搬来的。一九六六年元旦前，凑齐在那个院里了。春节，互相拜年，和睦友好的关系从此奠定基础。那一年我十七岁，初三。卢叔是‘院长’，以‘坐地户’的积极性和热情，义不容辞地担负起了管理我们这个大杂院的责任……”

如今，已经过了整整三十年。《一个红卫兵的自白》出版也整整十年了。哈尔滨市，度过我少年时期的那个大杂院，已经不复存在。邻居们都不知分散到何处居住去了。

不久前的一天，下午三点多钟，我正昏睡着，有人敲门。开了门，见一个满面流汗，身材瘦小的男人神情不安地站在门外。他穿一件短袖花格子衫，拎一个旧的、黑色的皮革包。因热，花格子衫仅扣最下边两颗扣子，半露着晒红的胸膛。他留的是平头，看去至少一个半月没理过了。半长不长的灰褐色的头发中，夹杂着五分之一还要多些的白发。很白很白的白发。像化工厂里的洁白的化纤丝似的。

我以为是一名“上访者”或中年民工。不料他开口叫我“二哥”。

叫后，神情更加局促不安。分明的，觉得自己没资格，甚至不配叫我“二哥”似的。

我以为他是投亲的，找错了门，认错了人。正沉吟着打算问他些什么，不料他又口吃地说：“二哥，我……我是……是二小哇！……”

“二小？……”

“就是……咱，咱们光仁街大杂院……老卢家的二……二小哇……”

“你是……卢叔家的二小！……”

“对对！”

他出了口长气，神情略显松弛地笑了。

我立刻将他让入室内。

我先吩咐他脱去格子衫，冲头、洗脸、擦身，彻底凉爽一下。

当他重新穿上花格子衫，仍摆脱不了局促地坐在我对面时，我端详着他，一时感慨万千。当年我十七岁，他六七岁，叫我“二哥”像叫亲哥。

但这个身材瘦小的，脸上沉淀着太多的命运沧桑，样子极为落魄的小老头儿，真的便是二小么？我明明已认出他真的便是，却还是不免有几分怀疑似的。

于是二小断断续续，结结巴巴地向我讲起他的一番经历，听得我心情越来越沉重。

一九七四年我从黑龙江生产建设兵团上大学，二小恰在那一年下乡了，去的也是黑龙江生产建设兵团。那么，应该说他还是我的“兵团战友”了。

大返城那一年，他是不打算离开兵团的。因为他怕给家人造成负担。姐姐出嫁了，哥哥结婚了，妹妹没有正式工作，父亲生病。

出嫁了的姐姐和结了婚的哥哥，没房子，在小屋的前后，搭起了更小更小的两处所谓“偏房”。而原先的小屋早已破败不堪。沉入地下一米多深了。与其说是家，莫如说是“洞穴”，由没有长久工作的妹妹和生病的父亲同住。连里替他办理了返城手续，督促他返城……



二小返城后一直没有正式单位接收。因为卢叔是收破烂儿的。他当然不愿继承卢叔的衣钵。好在他肯干，前几年还是能够挣些钱的。尽管不多，将够养活自己。

他只能和卢叔住在一起。

卢叔得的是不治之症，为了让卢叔住院，他们几个子女，不得不将原先那小屋的居住权卖了。其实买的人并不为住，图的是动迁后的“房号”。孝心总算尽了。也盼到了动迁成为事实。但二小失去了最后的栖身之处。起初他轮番住在哥哥家、两个姐妹家。但哥哥妹妹，居住条件也很差。一个三十六七岁的大男子，给嫂子和妹夫带来多少不便是可想而知的。起码的自尊心，使二小成了地地道道的城市街头流浪汉……

“二哥，”他低头瞧着他的双手，自言自语似的说，“近二三年里，我什么活儿都干过。还卖过血。什么地方都住过，火车站、医院候诊处、工厂锅炉房的炉渣堆。冬天，新出的炉渣热乎乎的。还被当成流窜犯收审过……”

那显然是一双会干活儿的手。他的话语也丝毫没有自哀自怜的意味儿。仿佛在背简历。而且尽量说得轻描淡写又使人明白。

“你哥哥姐姐妹妹们，就不帮帮你？”

“他们的日子也很难。各家都有各家的愁事。近两三年哈尔滨下岗失业的人太多太多了。他们想帮也帮不了我。”

“平时很少见面？”

他点点头：“过春节的时候总是要团聚的。我找个地方洗净脸，刮刮胡子，换套像样点儿的衣服去见他们。对他们撒谎，说我混得不错，只不过忙，让他们别替我瞎操心。团聚几个小时后，趁着酒热，我便到马路上逛，找熬夜的地方……”

“那你……到北京来干什么？……”

“二哥，我走投无路了。想来想去，只有来求二哥你给指条生路了……”

我沉默良久，低声说：“二小，二哥为你高兴。”

他不解地抬头望我。

我又说：“你没变成盗贼，没变成抢劫犯，没做任何违法之事，我真的有几分替你高兴啊！”

他说：“二哥，那些事，咱就是饿死冻死，也不会做的呀！”

我的眼睛顿时湿了。

二小是很不错的瓦匠。木工活儿也拿得起来。还懂些水暖，会修各种管道。

但我留他住了几日，还是打发他回哈尔滨了。靠他那些技能，在北京找到长久的工作，完全超出我的能力。不长久，岂非等于由哈尔滨的街头流浪汉，变成为北京的街头流浪汉了么？

他走时，我让他带上了我的几封亲笔信。

我郑重地对他说：“二小，别怨二哥没帮上你。这几封信，保你在哈尔滨能找到些临时的活干，能挣点儿钱养活自己到年底。”

他迷惘地问：“年底以后呢？”

我说：“二哥始终有一个愿望，以后离开北京，到京郊农村落户。不过，原先是几年后的打算。起码等梁爽上大学后。现在，二哥愿为你提前这一打算。我到哪儿，带你到哪儿。咱们两家从前是近邻，以后你和二哥也将是近邻。目前有些农村搞得不错。你会的那些技能在农村才可能大有用武之地。二哥会帮你盖两间小房。还有，你应该结婚了。哪怕是个寡妇，只要肯嫁你，你也不要嫌弃人家。那么，当丈夫、父亲，还来得及。否则，这一辈子，真的毁了！”



他点头。

“最重要的是——我与你联系时，你可一定得和现在一样，说到底，是一个守法的良民。否则，你就没法儿和二哥做邻居了！”

他说：“二哥你放心。”

我知道这一点，我是完全应该放心的。

从此我又多了一桩心事——已寄出几封信四处联系，试探京郊哪一处农村肯收我和二小为村民。对我，与那些在大都市住腻歪了到农村去买别墅住的人是不同的。我当然买不起别墅。对二小，更是不同的……

# 烛的泪

也没音乐，没相声，没歌曲，没广告介绍，没名人与主持人或名人与名人的侃侃而谈，在寂静之中，在人类已燃烧用了几千年之久的烛的光耀之下，只闻一个男人对他的女人喃喃喁喁的昵语，以及她唇贴着他耳对他说的话；只有一个男人对她的女人的爱在热烈进行着，以及她柔情缠绵地奉献给他……

这是一条无名的短马路。在北京市区交通图上找不到它。马路左侧，一幢幢高楼比肩耸立；右侧，几乎完全被一座仓库的围墙占据。围墙一人多高，去年国庆节前，刷成灰色。国庆节后，灰色的围墙上开始出现红的、白的、黄的油漆以各种字体书写的广告。于是围墙有点儿“浓妆艳抹”似的了。这又是一条只有一端可供行人和车辆出入的短马路。它的另一端是小河。小河载入了它的另一端。否则，它的另一端也许会伸延得很长……

就在它的另一端，在围墙沿河畔转角处，有一间小房子。说那是房子，实在降低了房子的标准。因为它太矮了。房盖比围墙还低。也太小了。从外看，并不比书报亭大。房盖是油毡纸的。窗上无玻璃，木条十字交叉钉着蓝塑料布。在它的旁边，是一个比它大些的棚子。棚子只有油毡纸铺的盖儿，没墙。却也不能说没墙，只不过那若算墙，也降低了墙的标准。所谓的“墙”是用拆散的纸板箱的纸板拼凑成的。下半截拼凑得还挺严实，上半截靠各色塑料布挡风遮雨……

那“房子”里住着一对儿外地来的乡下夫妻。男人三十来岁。女人二十五六岁。他们在那棚子里为北京人弹棉花。他们已在那儿住了几年了。他们的临时居住是半合法的。因为他们每年都能办下暂住证来。这是合法的一面。马路对面的街道给他们办的。他们老实得像只会弹棉花的动物。他们一磨，街道的人心一软，每每网开一面地就给办了。但他们那“房子”和那棚子，又实属违章“建筑”，早应当拆除。所幸在路尽头，又在河边，被周围十几株树隐蔽着，一次次地蒙混过关了……

北京虽然是全国消费水平最高的城市之一，却仍有舍不得花一百多元买新被褥，而更愿花十来元钱弹软一床旧棉套的人家。这样一些百姓人家，是那一对儿乡下夫妻的“上帝”。他们有一个女儿，才两岁。在乡下。由他们的父母轮流抚养着。

春节前，他们原本打算回乡下去与亲人们团圆的。活儿积压得多，就日夜突击地弹。最后一件被人满意地取走了，竟到了四日的下午。而这一天正是除夕呀！

女人说：“你什么也别管了。该收拾的我收拾。快去买晚上的火车票，咱们得争取初一这时候到家是不？”

男人表示也是这么想的。于是带着一头、一脸、一身的棉絮，匆匆地出了门。

他回来时，女人什么也没收拾。女人在床上酣睡着。那是一张旧单人床。他们给一户人家弹了两件棉套，人家用那张床抵手工钱了。单人床睡不开他们两口子，加宽了一块板，用些砖垫着。女人的睡状，像个困极了的孩子。她的头侧枕在枕上，身子伏着，手臂压在胸脯下边。她的另一只手臂垂在床下；另一条腿也垂在床下。

他回来时，女人什么也没收拾。女人在床上酣睡着。那是一张旧单人床。他们给一户人家弹了两件棉套，人家用那张床抵手工钱了。

而且，脚蹬着地。仿佛那只脚在酣睡的情况下还使着劲儿似的。显然，男人刚一走，她就那样子扑在床上了……

前几天北京寒冷，这女人感冒了。酣睡着的女人，两颊绯红。一线口水，从她半张着的嘴角流在枕上，竟已积成了一个围棋子般大的“珠子”。男人搓了搓手，想伸手去摸他女人的脸颊，看她是不是还在发烧？但他的手并没触到她的脸颊。他俯下头去，用自己的脸颊去贴女人的脸颊了。虽然外边的天气很暖和；虽然他的双手并不冷；虽然搓过了——他却仍怕自己手冷。女人的脸颊热乎乎的。女人还在发着低烧。女人睡得那么香，并没被她男人的脸颊贴醒。

男人的心里，倏忽间涌起对他女人的一种大的爱意。确切地说，那更是一种心疼。正是这女人，才使他在北京的这地方，这小“房子”和这弹棉花的棚子里，坚守了几年啊！这几年里，他们除了睡觉，吃饭，就是弹棉花。他哪儿都没陪她去。她也没单独去过什么地方。更不曾请求他陪自己逛逛北京。他们之间的话语，也一天比一天少了。她最经常说的一句话是：“我胳膊酸死了！”而他最经常说的一句话是：“我就不累吗？”——但是这几年，不唯对他们自己未来的生活，对他们双方的家庭，对他们双方至亲的一些亲人，却是意义极其重大的：他们已为自己积蓄下了两万多元钱。他们靠着在北京弹棉花挣的钱，使双方的父母得以不愁衣食。而且，他们帮助过他们双方的一些穷亲戚。他们的家乡是个贫困的地方。那儿一百元钱可以使数口之家过一个月。几年多的日子里，他们已几十次地向家乡寄回过一百元了……想到这些，男人鼻子一酸，眼眶不禁地有些湿了。

他蹲下去，双手轻轻托起女人的手臂，将她的手臂放到了床上。接着，又那样儿将她的腿也放到了床上。他站起来，望着她犹豫片刻，小心地脱下她的两只鞋。

女人竟一直没醒。一只手臂压在胸脯下，嘴角继续淌着口水。几年来的冬天，她总穿现在穿的这一件上衣。实际上那是他的一件旧上衣。这一件粗布上衣已经快变成“绒”的了。几年里它所附着的棉絮，是水所无法洗去的了。若使之重新变成布的，非靠科技的方法用电子分离器不可了。她也和他一样，满头发满脸都是棉尘。这使她的头发和眉看去像是灰白的。然而这乡下女人的脸却长得怪秀气的。毕竟才二十五六岁，又是少妇，女人味儿是棉尘所无法消减的……

男人不由得怀着一腔温柔的怜爱吻他的女人。他起先只不过捧起她的一只手情不自禁地亲。那是一只多么纤小的手呀！像十几岁的少女的手。却又是一只多么粗糙的手呀！手心布满趼子。那是被弹棉花的弓子磨的。五个尖尖的手指尖儿，有三个缠着胶条，那是由于指甲两边儿的皮肤开裂了。他亲着她的手的时候，这男人就心疼得流下眼泪来了。他又亲她的额角，他的眼泪滴在她脸颊上。终于的，他忍不住双手捧着她的脸颊，用自己厚实的双唇严密地封闭住了他女人的嘴。女人一时喘不过气儿来，便醒了。女人睁开眼，懵懂似的仰视着他。明白他是在干什么后，推开他坐了起来。她用手背抹了一下嘴角，一条湿痕显现在她蒙了一层棉尘的脸颊上……

她说：“你真烦人！”

她男人无声地笑了，眼里还含着泪光呢！

女人却没发现这一点。

“你脱了我鞋干吗呀！”——女人一边穿鞋一边说：“我怎么这么没出息呢？怎么哪儿也没收拾就睡过去了呢……”

男人说：“没事儿的，一会儿我和你一块儿收拾。”

女人穿好鞋，站起来说：“别一会儿，现在就收拾吧！要不该误火车了……”

男人说："今天，咱们……走不成了……"说得吞吞吐吐。

女人这才将目光望向男人的脸，自己脸上的表情顿时起了变化。

"你哭过？……"

"没……没有……"——男人掩饰地将头扭向一旁。



"你明明哭过！咱们今晚怎么走不成了？你把买票的钱丢了是不是？你倒说话呀！"

女人急了。

"没丢没丢！今天的票卖光了……"

"你骗我！"

女人的眼里也出现泪光了。三百多元钱对于他们是一笔大数。女人没法儿不急。

"没丢就是没丢嘛！哎，自打咱俩结婚，我什么时候骗过你呀？"

男人赶紧掏出钱给女人看。

女人放心了。女人缓缓坐在床上。失望使这年轻的乡下女人一时发呆。

"有明天的票……可我没买。明天都初一了。春节主要过的就是三十儿和初一嘛。初二下午才到家……那……我考虑来考虑去，咱俩还不如不回去了……就在北京过春节吧！咱俩还没在北京过一次春节呀……"

女人忽然双手捂脸，嘤嘤地哭了。一年十二个月，天天弹棉花，盼就盼的回家过春节啊！这当女儿的女人太想她的爹娘了！这当母亲的女人太想她的女儿了！比以往任何时候都想……但，她男人的话也有一定道理呀！她除了哭泣，无话可说……

于是男人走到她跟前，将她的头连同她的上身搂在怀里，以哄孩子那一种语调说："别哭，别哭哇！几年里，咱们不就是这一个春节没能及时赶回去吗？听话别哭！再哭我可不高兴了！……"女人反而哭得更伤感了。

……

爱女人的男人，是她的泪水的“闸”。女人本能地依赖这一点。她有时候哭，也是想试试那“闸”对她的感应还灵敏不灵敏。而爱她的男人，此时的表现则尤其温柔。他抚慰她，亲吻她，替她擦眼泪……

女人不哭了以后，男人用半截铅笔在一页纸上写着什么。那看来是一项须认真对待，反复斟酌之事。他大口大口地吸着一支烟，一会儿写，一会儿画。终于“定稿”了，便抄清在另一页纸上。他将那页纸递给女人看。女人就也走到桌前，拿起铅笔划去几个姓名，添上几个姓名，更改一些姓名后的数字……

再以后，他们点了些钱，揣了那页纸，都顾不上换身衣服，双双赶往邮局。那时已经四点多了，他们怕邮局提前下班，很快地走。男人甚至还扯着女人的手跑了一段路。邮局工作人员果然已在盘点业务了。但一听说他们是要往家乡寄钱，立刻予以理解。春节，使得中国人之间格外和气了。见他们取了一打汇款单，人家还告诉他们别急，仔细填，一定将他们的汇款单加进当天的业务里……

汇完了款，女人还想往家乡打长途电话。邮车已经开到小邮局的门口了。邮局工作人员已经往外拎邮包了。男人看了一眼收费电话，脸上显出为难的表情来。人家又说——打吧打吧，有多少话只管说，我们等。很少被这么和气这么友好地理解过，那话使夫妻俩心里暖烘烘的。

十几分钟后才终于有人接电话。当然并不是他们的亲人，而是在村部值班的一个老头儿。一听到乡音，不是亲人也是亲人了。妻子双手抖抖地紧握电话，不停地尽说尽说，总之是解释回不了家乡的原因，让老头儿代问自己的父母及亲人们好的话罢了。说到女儿时，女人又流下泪来……

离开邮局，他们走得从容了。男人低着头，脸上显出怏怏不乐地样子。经女人再三问，男人才说：“打了十几元钱的电话，你光说你爸你妈和你自己了，也不替我问问我爸我妈的情况，也不替我给我爸我妈拜个年……”



女人大惭，一路赔不是。

一回到“家”里，夫妻俩就开始收拾。乡下人也保持着干干净净过春节的习惯啊！“家”是哪儿都收拾干净了，夫妻俩的脸，却快变成黑人的脸了。

她说：“无论如何也得洗个澡。”

他说：“对！咱们也享受一次，去桑拿！”

于是妻子接着水管子里的凉水绞了把毛巾，马马虎虎地擦了擦自己的脸，也替丈夫擦了擦脸，就赶紧和丈夫出门了……

在马路对面，在那片楼群间，有洗桑拿的地方。二十五元一位。女人一听价，犹豫了。男人连考虑都不考虑，把钱交了。女人向人家手指的门犹犹豫豫地走去时，男人跟随着。

人家大声说：“嘿！那男的，你跟去干吗？男的在二楼！”

他说：“我们两口子……”

人家说：“两口子也不行。”

他曾听别人讲，北京有让两口子一起洗桑拿的单间，叫什么“鸳鸯间”。他所以肯花五十元与他的女人来洗桑拿，正是为的此种享受啊！各洗各的，那还叫享受吗？那还值得花五十元吗？

“放心，你不必陪她，有人陪她。”

男人一听这话，眼睛瞪起来了。走到门前的女人，也不由退回了一步。

人家笑了，说“女部”正有一个女人在洗着，女人陪女人，你这男人瞪的什么眼睛呀！说如果不是除夕，才不会人这么少呢！

男人也不好意思地笑了。一边往楼上迈，一边回头望他的女人。和自己的女人一起在北京洗一次桑拿，是他几年多的日子里常常梦想之事啊！唉，唉，他沮丧极了……

“多大年龄了?”

“二十六。”

“没结婚吧?”

“结了。”

“那……生过孩子吗? ……”

“生过了……”

于是坐在高台上的一个肥胖的女人，眼盯着坐在对面矮椅上的年轻的乡下女人的身子，羡慕得啧啧连声。她被盯得不好意思，只有低垂头。肥胖的女人下了高台，坐到她身旁，自暴自弃地喃喃：“我这身子是没治了，喝凉水都长膘儿，再怎么蒸也没用。”

见她低垂着头不吱声，以为她不愿理自己，悻悻地返回到高台上坐着，以女巫发咒似的语调又说：“别看你现在身子长得这么好看，过不了几年也准得发胖，兴许比我还胖哪！我有这方面的专门眼光!”她更不知说什么好了。而那肥胖的女人再次下了高台，连往碳热器上泼了几次水，热浪逼人。她觉得窒息，也敏感到对方其实开始嫌她，起身逃了出去……

男人比他的女人洗得还久。因为内心里暗觉二十五元花得亏，就一遍遍往头上用洗发液，往身上打皂。冲尽了就蒸；蒸出汗了又冲。总之，他企图将亏了的事儿变成不亏甚而占便宜的事儿……

当他换上带去的一身崭新衣服走到外边时，他几乎不敢认自己的女人了——坐在长椅上望着自己的那个女人，真的是自己的妻子吗?她头发湿漉漉的，她脸儿红扑扑的，她整个人看去水灵灵的。

她的眼睛好明亮，仿佛她连眼睛也用香皂洗过了；她的嘴唇那么鲜润，仿佛抹了唇膏似的；她换上的新衣服使她显得更秀气了；那一双半高跟的皮鞋穿在她脚上使他看着怦然心动……



在回“家”路上，男人向女人坦白：其实除夕的列车票最好买了，但他太希望能和她在北京过一次春节了！尽管他也是那么的想家乡，想父母，想女儿……

他问：“我是不是做得太不对了呢?”

她叹了口气，依偎着他，有心责备，又那么的不忍……

一回到“家”里，她就翻出新褥单，新被罩，新枕套，一一换上。于是他们在北京这个半合法半不合法的，寒酸简陋根本没个家样的“家”，竟也变得充满了家的温馨……

她那么做时，男人从旁看着，有几分舍不得地说：“不都是要带回家乡去的么?”

女人被问得害羞起来，微微一笑，瞟了他一眼悄声细语地说：“我这不为了咱们好好儿过个春节么?”

他们相互配合着炒了三四样菜。配合得像他们弹棉花时一样默契。男人想起过“中秋”时还剩下半瓶葡萄酒，找到了，放在桌上。女人就给他和自己各斟了一杯。他们的“家”里没电灯。电业部门不许他们擅自拉电线。他们是一对儿在北京很安分守己的乡下夫妻，几年多的日子里一直以蜡烛照明。一只破箱盖上的蜡烛快燃尽了——男人想起了什么，伸手从房顶吊着的小篮子里取出了一个报纸包儿。打开来，是一对红烛。比较粗的一对红烛。他有次花五元钱买的为着这一天，他其实早就在预谋了。

女人说：“两支都点上吧。”他就将两支红烛都并列着点上了。

在两支烛光的交相辉映之下，在喝了几口酒以后，女人的脸越发显得娇俏了。男人充满爱悦地看着他的女人。就又想起他们到北京第二年夏天的一件事：那时有人主动介绍她去一家不小的饭店当服务员，说一个月可以挣五百，说还管两顿饭，他们欣然同意了。一年干下来就五六千啊！有天她还穿回了饭店发给服务员的衣服裙子，让他看穿在她身上漂亮不。当然漂亮！使她的模样看去活泼青春。可半个月后她不去了。他再三问她原因，她最后被问哭了，说一名是副经理的男人对她不怀好意。他要去打架，她跪下抱住他腿说："咱们来的时候，不是互相嘱咐了遇事要忍的吗？……"

想起这件事，男人内心里对他的女人涌起了无边无限的感激。当中央电视台的春节晚会开始在电视里播映时，这一个男人和这一个女人早早地睡下了。

在二〇〇〇年的除夕，他们不说二〇〇〇年，因为这个话题实在与他们没有任何关系。他们也不看春节晚会的实况转播，因为他们没有电视。他们在北京的这一个临时的"家"，那一时刻静悄悄的。因为他们该弹的棉絮都弹完了，不必像往日连夜加工了。也没音乐，没相声，没歌曲，没广告介绍，没名人与主持人或名人与名人的侃侃而谈，在寂静之中，在人类已燃用了几千年之久的烛的光耀之下，只闻一个男人对他的女人喃喃喁喁的昵语以及她唇贴着他的耳对他说的话；只有一个男人对他的女人的爱在热烈地进行着，以及她柔情缠绵地奉献给他的……

忽然，一支红烛说话了："我们照耀着的是什么？"它问那一支快燃尽的烛。

"两个人。"

被问的烛"老泪纵横"，以渊博的口吻说："两个人在干什么呢？"

"在爱。"

"爱是怎么回事？"

“爱对人很重要。靠了爱，他们应付起那种叫穷困的命运就容易多了。”

“我喜欢照耀两个在爱着的人。”



另一支红烛插话了：“我也是。爱看起来很美。让我们将我们的烛光接近吧，让两个在爱着的人感觉到我们对他们的祝福吧！”

于是两支红烛的光首先相互吸引，渐渐的，两个橘色的光环有一段弧“吻”在一起了。小小的空间顿时明亮许多……

那支已快燃尽的烛，在破箱盖上努力将它的烛光做最后一次腾跃，随即暗淡。

它说：“我不可能继续照耀着他们的爱了，我的朋友，别了！”

它说完，淌下它最后的一行泪，烛光晃了几晃，越缩越小，缓缓地，灭了。

两只红烛的“吻”在一起的光环颤抖不已。

“我感激它。它告诉了我们爱。”

“我也是。”它们哭了。烛泪长流。

男人和女人自然并没听到烛们的话。在北京；在二〇〇〇年；在这间半合法半不合法的小“房子”里；在静悄悄的氛围之中；在吻合着的烛的光环的照耀之下，那男人和那女人的爱，是他们自己为自己举行的庆典……

是他们除夕夜至高的享受……

# 女娲和夏娃

想想吧，如果没有女娲，伏羲当初将多么孤独？如果亚当是单身被逐，他也许会得精神病吧？甚而也许还会每每产生自杀之念吧？

女娲也许是中国之第一个女性艺术形象吧？即使这一点并不能得以肯定，另外一点也是完全可以肯定的，那就是——她的诞生比中国有文字记载的神话要早许多许多年。

在中国神话传说中，女娲是伏羲的妹妹。而伏羲乃雷神之子。此雷神当然非是《封神演义》里那个背生双翼、青面雕喙、善以杵石发雷电击人的“雷震子”，而是另一类雷神。古书上记载他“大迹出雷泽，华胥履之，生伏牺”。这伏牺，便是伏羲了。女娲既是伏羲之妹，同时也便是雷神之女了。

伏羲“蛇身人首”，这便与希腊神话中的某些精怪相似了。但伏羲“有圣德”，于是品质上区别于精怪；有神职，被尊为“东方木德之帝”。亦称“东方天帝”。

女娲又是什么样的呢？

《山海经·大荒西经》云：“女娲，古神女而帝者，人面蛇身，一日中七十变。”

兄妹俩一个“蛇身人首”，一个“人面蛇身”，显然“基因”是相同的。

伏羲“师蜘蛛而结网”——是网的发明者。而“女娲笙簧”——是最早的乐器的发明者。兄妹二人，各有起码一项重要的古代发明“专利权”。



盖“笙”字，谐音“生”也，象征万物“贫地而生”。似乎，从女娲的发明，还能分析出她头脑中有某种模糊的大地崇拜意识。当然，也可以认为有着繁衍滋生人类的朦胧冲动。

汉代时期的壁画中，已出现了“伏羲女娲交尾图”。

但是，伏羲和女娲，首先却不是汉人的神。而可能是苗族古代氏族的图腾。

大约到了唐朝，伏羲和女娲才进入汉文字记载。李冗的《独异志》中这么讲：“昔宇宙初开之时，只有女娲兄妹二人，在昆仑山，而天下未有人民。议以为夫妻，又自羞耻。兄即与妹上昆仑山，咒曰：‘天若遣我兄妹二人为夫妻，而烟悉合，若不，使烟散。’烟合，其妹即来就兄。”

是汉文字改变了伏羲和女娲的蛇身形象，使他们是完全的人了。

于是，中国神话中的伏羲和女娲，几乎便等于希腊神话中的亚当和夏娃了。

在希腊神话中，亚当和夏娃，虽非兄妹，但性未觉醒，裸而不以为羞。双行双栖，形影不离，关系如同兄妹。

这一点证明，无论早期的东方文化还是早期的西方文化中，人类对于自己祖先的想象，其实是很相近的。思维的雷同，意味着愿望的比较一致——世界上第一个男人和第一个女人之间的关系，原本是兄妹或差不多等于是兄妹。人类乃这样一男一女的后代。

我们从这比较一致的愿望中，似可分析出早期人类对于“男女平等”的普遍认同。

区别是——伏羲和女娲兄妹配为夫妇，乃因“世遭洪水，仅存此二人”。

而亚当和夏娃，却是由于他们偷吃了禁果，被上帝驱逐到还未有人类存在过的世上来。

共同的是——渐渐的，女娲的名字越来越流传广泛，声誉越来越高，越来越受到尊崇；正如夏娃的名字越来越流传广泛，越来越成为“女性”一词最权威也最被后世一切男女公认的代词。

而伏羲和亚当，似乎都降为配角，知名度渐渐归于寂寞。几乎在只有提到女娲和夏娃时，才附带地联想到他们。

女娲便无疑是中国人的始母了。

夏娃便无疑是西方人的始母了。

中国人也罢，广而论之东方人也罢，以及西方人也罢，又为什么唯尊其母，冷淡其父呢？显然的，与人类共同经历过的母系社会有关。但这还不足以说明问题的全部。

我想，人类的潜意识里，大约一直存着一种本能的，代代袭承的，女性崇拜的古老意识吧？这与弗洛伊德总结的“恋母情结”有相似之处，也有区别。弗氏总结的“恋母情结”主要是男性的“情结”，而且与性意识关系密切。人类古老的女性崇拜意识，却基本上与性无关，或言关系甚微。它主要还是体现为对女性的恩与德的崇拜，即对“伴侣”的崇拜。不分男女，这一种崇拜都接近着本能。好比海龟一出壳便往海边爬，是先天的。

想想吧，如果没有女娲，伏羲当初将多么孤独？如果亚当是单身被逐，他也许会得精神病吧？甚而也许还会每每产生自杀之念吧？

如此一想，“伴侣”二字，岂非我们人类词典中最伟大的一词了么？

男人什么都可以没有，但不能没有伴侣。倘真的终生没有，又不是献身于宗教的男人，那么即使是国王，其实也是一个不幸的男人。

女人什么都可以要，但她要这要那，即使获得了许多许多，最后必定非要的，还是一个男人，一个伴侣。

愿天下有情人皆成伴侣！

# 爱的快餐

在中国，在当代，爱情或曰情爱之所以不动人了，也还因为我们常说的那种“缘”，也就是那种似乎在冥冥中引导两颗心彼此找寻的宿命般的因果消弭了。于是爱情不但变得简单、容易，而且变成了内容最浅薄、最无意味儿可言的事情。

少年的我，对爱情之向往，最初由“牛郎织女”一则故事而萌发。当年哥哥高一的语文课本上便有，而且配着美丽的插图。

此前母亲曾对我们讲过的，但因并未形容过织女怎么好看，所以听了以后，也就并未有过弗洛伊德的心思产生。倒是很被牛郎那一头老牛所感动。那是一头多无私的老牛啊！活着默默地干活，死了还要嘱咐牛郎将自己的皮剥下，为能帮助牛郎和他的一儿一女乘着升天，去追赶被王母娘娘召回天庭的织女……

曾因那老牛的无私和善良落过少年泪。又由于自己也是属牛的，更似乎引起一种同类的相怜。从此对牛的敬意倍增。并巴望自己快快长大，以后也弄一头牛养着，不定哪天它也开口和自己说起话来。

常在梦里梦到自己拥有了那么一头牛……

及至偷看过哥哥的课本，插图中织女的形象就深深印在头脑中了。于是梦里梦到的不再是一头牛，无私的不如好看的。人一向记住的是无私的事，好看的人，而不是反过来。

以后更加巴望自己快快长大，长大后也能幸运地与天上下凡的织女做夫妻。不一定非得是织女姊妹中的“老七”。“老七”既已和牛郎做了夫妻，我也就不考虑她了。另外是她的姐姐或妹妹都成的。她很好看，她的姊妹们的模样想必也都错不了。那么一来，不就和牛郎也沾亲了么？少年的我，极愿和牛郎沾亲。

再以后，凡是以我眼里好看的女孩儿，或同学，或邻家的，或住一条街的丫头，少年的我，就想象她们是自己未来的“织女”。

于是常做这样的梦——在一处山环水绕四季如春的美丽地方，有两间草房，一间是牛郎家，一间是我家；有两个好看的女子，一个是牛郎的媳妇，一个是我媳妇；不消说我媳妇当然也是天上下凡的；有两头老牛，牛郎家的那头会说话，我家那头也会说话；有四个孩子，牛郎家一儿一女；我家也一儿一女，他们长大了正好可以互相婚配……

我所向往的美好爱情生活的背景，时至今日，几乎总在农村。我并非一个城市文明的彻底的否定主义者。因而在相当长的一段时期，连自己也解释不清自己。有一天下午，我在社区的小公园里独自散步，终于为自己找到了答案之一：公园里早晨和傍晚“人满为患”，所以我去那里散步，每每于下午三点钟左右。图的是眼净。那一天下着微微的细雨，我想整个公园也许该独属于我了。不期然在林中走着走着猛地发现几步远处的地上撑开着一柄伞。如果不是一低头发现得早，不是驻步及时，非一脚踩到伞上不可！那伞下铺着一块塑料布，伸出四条纠缠在一起的腿。情形令我联想到一只触爪不完整的大墨斗鱼。莺声牛喘两相入耳，我紧急转身悄悄遁去……没走几步，又见类似镜头。从公园这一端走到那一端，凡见六七组矣。有的情形尚雅，但多数情形一见之下，心里不禁地骂自己一句：“你可真讨厌！怎么偏偏这时候出来散步？”

回到家里遂想到——爱情是多么需要空间的一件事啊！城市太拥挤了，爱情没了躲人视野的去处。近年城市兴起了咖啡屋，光顾的大抵是钟情男女。咖啡屋替这些男女尽量营造有情调的气氛。大天白日要低垂着窗幔，晚上不开灯而燃蜡烛。又有些电影院设了双人座，虽然不公开叫“情侣座”但实际上是。我在上海读大学时的七十年代，外滩堪称大上海的“爱情码头”。一米余长的石凳上，晚间每每坐两对儿。乡下的孩子们便拿了些草编的坐垫出租。还有租“隔音板”的。其实是普通的一方合成板块，比现如今的地板块儿大不了多少。两对中的两个男人通常居中并坐，各举一块“隔音板”，免得说话和举动相互干扰。拿久了也是会累的。当年使我联想到《红旗谱》的下集《播火记》中的一个情节——反动派活捉了朱老忠们的一个革命的农民兄弟朱老星，迫他双手高举一根包谷秸。只要他手一落下，便拉出去枪毙。其举关乎性命，他也不过就举了两个多小时……

上海当年还曾有过“露天新房”——在夏季，在公园里，在夜晚，在树丛间，在自制的“帐篷”里，便有着男女合欢。戴红袖标的治安管理员常常“光顾”之前隔帐盘问，于是一条男人的手臂会从中伸出，晃一晃结婚证。没结婚证可摆晃的，自然要被带到派出所去……

如今许多城市的面貌日新月异。房地产业的迅猛发展，虽然相对减缓了城市人的住房危机，但也同时占去了城市本就有限的园林绿地。就连我家对面那野趣盎然的小园林，也早有房地产商在觊觎着了。并且，前不久已在一端破土动工，几位政协委员强烈干预，才不得不停止。

爱情，或反过来说情爱，如流浪汉，寻找到一处完全属于自己的地方并不那么容易。白天只有一处传统的地方是公园，或电影院；

晚上是咖啡屋或歌舞厅。再不然干脆臂挽着臂满大街闲逛。北方人叫“压马路”，香港叫“轧马路”，都是谈情说爱的意思。

在国外，也有将车开到郊区去，停在隐蔽处，就在车里亲爱的。好处是省了一笔去饭店开房间的房钱。不便处是车内的空间毕竟有限。

电影院里太黑，歌舞厅太闹，公园里的椅子都在明眼处，咖啡屋往往专宰情侣们。

于是情侣们最无顾忌的选择还是家。但既曰情侣，非是夫妻，那家也就不单单是自己的。要趁其他家庭成员都不在的时间占用，于是不免的有些偷偷摸摸苟苟且且……

当然，如今有钱的中国人多了。他们从西方学来的方式是在大饭店里包房间。这方式高级了许多，但据我看来，仍有些类似偷情。姑且先不论那是婚前恋还是不怎么敢光明正大的婚外恋……

城市的人口是越来越密了。城市的自由空间是越来越狭小了。情爱在城市里如一柄冬季的雨伞，往哪儿挂看着都不顺眼似的……

相比于城市，农村真是情爱的“广阔天地”呢！

情爱放在农村的大背景里，似乎才多少恢复了点儿美感，似乎才有了诗意和画意。生活在农村里的青年男女当然永远也不会这么感觉——而认为如果男的穿得像绅士，女的穿得很新潮，往公园的长椅上双双一坐，耳鬓厮磨；或在咖啡屋里，在幽幽的烛光下眼睛凝视着眼睛，手握着手，那才有谈情说爱的滋味儿呢！

但一个事实却是——摄影、绘画、诗、文学、影视，其美化情爱的艺术功能，历来在农村，在有山有水有桥有林间小路有田野的自然的背景中和环境里，才能得以充分地发挥魅力。

艺术若表现城市里的情爱，可充分玩赏其高贵，其奢华，其绅男淑女的风度气质以及优雅举止；也可以尽量地煽情，尽量地缠绵，尽量地难舍难分，但就是不能传达出情爱那份儿可以说是天然的美感来。在城市，污染情爱的非天然因素太多太多太多。情爱仿佛被“克隆”化了。

比之“牛郎织女”、“天仙配”、“梁山伯与祝英台”，《红楼梦》中的爱情其实是没有什么美感的。缠绵倒缠绵得可以，但是美感无从说起。幸而那爱情还是发生在“园”里，若发生在一座城市的一户达官贵人的居家大楼里，贾宝玉整天价乘着电梯上上下下地周旋于薛林二位姑娘之间，也就俗不可耐了。

无论是《安娜·卡列尼娜》，还是《战争与和平》，还是几乎其他的一切西方经典小说，当它们的相爱着的男女主人公远离了城市去到乡间，或暂时隐居在他们的私人庄园里，差不多都会一改压抑着的情绪，情爱也只有在那些时候才显出了一些天然的美感。

麦秸垛后的农村青年男女的初吻，在我看来，的确要比楼梯拐角暗处搂抱着的一对儿“美观”些……

村子外，月光下，小河旁相依相偎的身影，在我看来，比大饭店包房里的幽会也要令人向往得多……

我是知青的时候，有次从团里步行回连队，登上一座必经的山头后，蓦然俯瞰到山下的草地间有一对男女知青在相互追逐。隐约的，能听到她的笑声。他终于追上了她，于是她靠在他怀里了，于是他们彼此拥抱着，亲吻着，一齐缓缓倒下在草地上……一群羊四散于周围，安闲地吃着草……

那时世界仿佛完全属于他们两个。仿佛他们就代表着最初的人类，就是夏娃和亚当。

我的眼睛，是唯一的第三者的眼睛。回到连队，我在日记中写下了几句话是：

天上没有夏娃，
地上没有亚当。
我们就是夏娃，
我们就是亚当。
喝令三山五岳听着，
我们来了！……

这几句所篡改的，是一首“大跃进”时代的民歌。连里的一名“老高三”，从我日记中发现了说好，就谱了曲。于是不久在男知青中传唱开了。有女知青听到了，并且晓得亚当和夏娃的“人物关系”，汇报到连里。于是连里召开了批判会。

那女知青在批判时说：“你们男知青都想充亚当，可我们女知青并不愿做夏娃！”又有女知青在批判时说：“还喝令三山五岳听着，我们来了！来了又怎么样？想干什么呀？……”

一名男知青没忍住笑出了声。于是所有的男知青都哈哈大笑。

会后指导员单独问我——你那么篡改究竟是什么意思嘛？

我说——唉，我想，在这么广阔的天地里不允许知青恋爱，是对大自然的一种白白浪费。

……

爱情或曰情爱了乃是人类最古老的表现。我觉得它是那种一旦框在现代的框子里就会变得不伦不类似是而非的“东西”。城市越来越使它变成不伦不类似是而非的“框子”。它在越接近着大自然的地方才越与人性天然吻合。酒盛在金樽里起码仍是酒。衣服印上商标起码仍是衣服。而情爱一旦经过包装和标价，它天然古朴的美感就被污染了。城市杂乱的背景上终日流动着种种强烈的欲望，情爱有时需要能突出它为唯一意义的时空。需要十分单纯又恬静的背景。

那女知青在批判时说：“你们男知青都想充亚当，可我们女知青并不愿做夏娃！”又有女知青在批判时说：“还喝令三山五岳听着，我们来了！来了又怎么样？想干什么呀？……”

需要两个人像树，像鸟，像河流，像云霞一样完全回归自然又享受自然之美的机会。对情爱城市不提供这样的时空、背景和机会。城市为情爱提供的唯一不受滋扰的地方叫做“室内”。而我们都知道“室内”的门刚一关上，情爱往往迫不及待地进展的是什么。



电影《拿破仑传》为此作了最精彩的说明：征战前的拿破仑忙里偷闲遁入密室，他的情人一位宫廷贵妇正一团情浓地期待着他。

拿破仑一边从腰间摘下宝剑抛在地上一边催促：“快点儿！快点儿！你怎么居然还穿着衣服？要知道我只有半个小时的时间！……”

是的，情爱在城市里几乎成了一桩必须忙里偷闲的事情，一件仓促得粗鄙的事情。

所以我常想，农村里相爱着的青年男女们，有理由抱怨贫穷，有理由感慨生活的艰辛，羡慕城里人所享有的物质条件的心情，也当然是最应该予以体恤的。但是却应该在这样一点上明白自己其实是优于城里人的，那就是——当城里人为情爱四处寻找叫做“室内”的那一种地方时，农村里相爱着的青年男女们却正可以双双迈出家门。那时天和地几乎都完全属于他们的好心情，风儿为情爱而吹拂，鸟儿为情爱而唱歌，大树为情爱而遮阴，野花为情爱而芳香……

那时他们不妨想象自己是亚当和夏娃，这世界除了相爱的他们还没第三者诞生呢。

我认识一个小伙子，他和一个姑娘相爱已三年了。由于没住处婚期一推再推。

他曾对我抱怨：“每次和她幽会，我都有种上医院的感觉。”

我困惑地问他为什么会产生那么一种奇怪的感觉？

他说：“你想啊，总得找个供我俩单独待在一起的地方吧？”

我说：“去看电影。”

他说：“都爱了三年了！如今还在电影院的黑暗里……那像干什

么？不是初恋那会儿了，连我们自己都感到下作了！……”

我说：“那就去逛公园。秋天里的公园正美着。”

他说：“还逛公园？三年里都逛了一百多次了！北京的大小公园都逛遍了！……”

我说：“要不就去饭店吃一顿。”

他说：“去饭店吃一顿不是我们最想的事！”

我说：“那你们想怎样？”

他说：“这话问的！我们也是正常男女啊！每次我都因为找个供我俩单独待的地方发愁。一旦找到，不管多远，打辆‘的’就去。去了就直奔主题！你别笑！实事求是，那就是我俩心中所想嘛！一完事儿就彼此瞪着发呆。那还不像上医院么？起个大早去挂号，排一上午，终于挨到叫号了，五分钟后就被门诊大夫给打发了……”

我同情地看了他片刻，将家里的钥匙交给他说：“后天下午我有活动，一点后六点前我家归你们。怎么样？时间够充分的吧？”

不料他说：“我们已经吹了，彼此腻歪了，都觉得没劲透了！……”

在城市里，对于许多相爱的青年男女而言，“室内”的价格，无论租或买，都是极其昂贵的。求“室内”而不可得，求“室外”而必远足，于是情爱颇似城市里的“盲流”。

人类的情爱不再动人了，还是由于情爱被“后工业”的现代性彻底地与劳动“离间”了。

情爱在劳动中的美感最为各种艺术形式所欣赏。

如今除了农业劳动，在其他一切脑体力劳动中，情爱都是被严格禁止的。而且只能被严格禁止。流水线需要每个劳动者全神贯注。男女混杂的劳动情形越来越成为历史。

但是农业的劳动还例外着。农业的劳动依然可以伴着歌声和笑声。在田野中，在晒麦场上，在磨房里，在菜畦间，歌声和笑声非但不影响劳动的质量和效率，而且使劳动变得相对愉快。

农业的劳动最繁忙的一项乃收获。如果是丰年，收获的繁忙注入着巨大的喜悦。这时的农人们是很累的，他们顾不上唱歌也顾不上说笑了。他们的腰被收割累得快直不起来了。他们的手臂在捆麦时被划出了一条条血道儿。他们的衣服被汗水湿透了。他们的头被烈日晒晕了……

瞧，一个小伙子割到了地头，也不歇口气儿，转身便去帮另一垅的那姑娘……

他们终于会合了。他们相望一眼，双双坐在麦铺子上了。他掏出手绢儿替她擦汗。倘他真有手绢，那也肯定是一团皱巴巴的脏手绢儿。但姑娘并不嫌那手绢儿有他的汗味儿，她报以甜甜一笑……

几乎只有在农业的劳动中，男人女人之间还传达出这种动人的爱意。这爱意的确是美的。又寻常又美。

我在城市里一直企图发现男人女人之间那种又寻常又美的爱意的流露，却至今没发现过。

有次我在公园里见到了这样的情形——两拨小伙子为两拨姑娘们争买矿泉水。他们都想自己买到的多些，于是不但争，而且相互推挤，相互谩骂，最后大打出手，直到公园的巡警将他们喝止住。而双方已都有鼻子嘴流血的人了。我坐在一张长椅上望到了那一幕，奇怪他们一人能喝得了几瓶冰镇的矿泉水么？后来望见他们带着那些冰镇的矿泉水回到了各自的姑娘们跟前。原来由于天热，附近没水龙头，姑娘们要解热，所以他们争买矿泉水为姑娘们服务……

他们倒拿矿泉水瓶，姑娘们则双手捧接冰镇矿泉水洗脸。有的姑娘费用了一瓶，并不过瘾，接着费用第二瓶。有的小伙子，似觉仅拿一瓶，并不足以显出自己对自己所倾心的姑娘比同伴对同伴的姑娘爱护有加，于是两手各一瓶，左右而倾……

他们携带的录音机里，那时刻正播放出流行歌曲，唱的是：

我对你的爱并不简单，
这所有的人都已看见。
我对你的爱并不容易，
为你做的每件事你可牢记……

公园里许多人远远地驻足围观着那一幕，情爱的表达在城市，在我们的下一代身上，往往便体现得如此简单，如此容易。

我望着不禁地想到，当年我在北大荒，连队里有一名送水的男知青，他每次挑着水到麦地里，总是趁别人围着桶喝水时，将背在自己身上的一只装了水的军用水壶递给一名身材纤弱的上海女知青。因为她患过肝炎，大家并不认为他对她特殊，仅仅觉得他考虑得周到。她也那么想。麦收的一个多月里，她一直用他的军用水壶喝水。忽然有一天她从别人的话里起了疑点，于是请我陪着，约那名男知青到一个地方当面问他："我喝的水为什么是甜的？"

"我在壶里放了白糖。"

"每人每月才半斤糖，一个多月里你哪儿来那么多白糖往壶里放？"

"我用咱们知青发的大衣向老职工们换了些糖。"

"可是……可是为什么？……"

"因为……因为你肝不好……你的身体比别人更需要糖……"

她却凝视着他喃喃地说："我不明白……我还是不明白……"

而他红了脸背转过身去。

此前他们不曾单独在一起说过一句话。

我将她扯到一旁，悄悄对她说："傻丫头，你有什么不明白的？他是爱上你了呀！"

她听了我这位知青老大哥的话，似乎不懂，似乎更糊涂了。呆呆地瞪着我。

我又低声说："现在的问题是，你得决定怎么对待他。"

"他为什么要偏偏爱上我呢？……他为什么要偏偏爱上我呢？……"

她有些茫然不知所措地重复着，随即双手捂住脸，哭了。哭得像个在检票口前才发现自己丢了火车票的乡下少女。

我对那名男知青说："哎，你别愣在那儿。哄她该是你的事儿，不是我的。"

我离开他们，走了一段路后，想想，又返回去了。因为我虽比较有把握地预料到了结果，但未亲眼所见，心里毕竟还是有些不怎么落实。

我悄悄走到原地，发现他们已坐在两堆木材之间的隐蔽处了——她上身斜躺在他怀里，两条手臂揽着他的脖子。他的双手则扣着抱于她腰际，头俯下去，一边脸贴着她的一边脸。他们像是那样子睡了。又像是那样子固化了……

同样的水，同样与情爱有关，同样表达得简单、容易，但似乎有着质的区别。

在中国，在当代，爱情或曰情爱之所以不动人了，也还因为我们常说的那种"缘"，也就是那种似乎在冥冥中引导两颗心彼此找寻的宿命般的因果消弭了。于是爱情不但变得简单、容易，而且变成了内容最浅薄、最无意味儿可言的事情。有时浅薄得连"轻佻"的评价都够不上了。"轻佻"纵使不足取，毕竟还多少有点儿意味儿呢！

一个靓妹被招聘在大宾馆里做服务员，于是每天都在想：我之前有不少姐妹被洋人被有钱人相中带走了，但愿这一种好运气也早一天向我招手……

而某洋人或富人，住进那里，心中亦常动念：听说从中国带走一位漂亮姑娘，比带出境一只猫或一只狗还容易，但愿我也有些艳福……

于是双方一拍即合，相见恨晚，各自遂心如愿。

这是否也算是一种“缘”呢？

似乎不能偏说不算是。

是否也属于情爱之“缘”呢？

似乎不能偏说不配。

本质上相类同的“缘”，在中国比比皆是地涌现着。比随地乱扔的糖纸冰棒签子和四处乱弹的烟头多得多。可谓之曰“缘”的“泡沫”现象。

而我所言情爱之“缘”，乃是那么一种男人和女人命数的“规定”—— 一旦圆合了，不但从此了却男女于情于爱两个字的种种惆怅和怨叹，而且意识到似乎有天意在成全着，于是满足得肃然，幸福得感激；即或未成眷属，也终生终世回忆着，永难忘怀，于是其情其爱刻骨铭心，上升为直至地老天荒的情愫的拥有，几十年如一日深深感动着自己，美得哀婉。

这一种“缘”，不仅在中国，在全世界的当代，是差不多绝灭了。

唐开元年间，玄宗命宫女赶制一批军衣，颁赐边塞士卒。一名士兵发现在短袍中夹有一首诗：

沙场征戍客，寒苦若为眠。
战袍经手作，知落阿谁边？
蓄意多添线，含情更著棉。
今生已过也，重结后身缘。

这位战士，便将此诗告之主帅。主帅吟过，铁血之心大恸，将诗上呈玄宗。玄宗阅后，亦生同情，遍示六宫，且传下圣旨：“自招而朕不怪。”

于是有一宫女承认了诗是自己写的，且乞赐离宫，远嫁给边塞的那名士兵。

玄宗不但同情，而且感动了。于是厚嫁了那宫女。

二人相见，宫女噙泪道：“诗为媒亦天为媒，我与汝结今生缘。”

边塞三军将士，无不肃泣者。

试想，若主帅见诗不以为然，此“缘”不可圆；若皇上龙颜大怒，兴许将那宫女杀了，此“缘”亦成悲声。然诗中那一缕情，那一腔怜，又谁能漠视之轻蔑之呢？尤其“蓄意多添线，含情更著绵”二句，读来令人愀然，虽铁血将军而不能不动儿女情肠促成之，虽天子而不能不大发慈悲依顺其愿……

此种“缘”不但动人、感人、哀美，而且似乎具有某种神圣性。

宋仁宗有次赐宴翰林学士们，一侍宴宫女见翰林中的宋子京眉清目秀，斯文儒雅，顿生爱慕之心。然圣宴之间，岂敢视顾？其后单恋独思而已。

两年后，宋子京偶过繁台街，忽然迎面来了几辆皇家车子，正避让，但闻车内娇声一呼“小宋”，懵怔之际，尘埃滚滚，宫车已远。

回到住处，从此厌茶厌饭，锁眉不悦，后作《鹧鸪天》云：

画毂雕鞍狭路逢，一声肠断绣帘中。
身无彩凤双飞翼，心有灵犀一点通。
金作屋，玉为栊，车如流水马如龙。
刘郎已恨蓬山远，更隔蓬山几万重。

此词很快传到宫中，仁宗嗅出端倪，传旨查问。

那宫女承认道："自从一见翰林面，此心早嫁宋子京。虽死，而不悔。"

仁宗虽不悦，但还是大度地召见了宋子京，告以"蓬山不远"，问可愿娶那宫女？

宋子京回答："蓬山因情而远，故当因缘而近。"

于是他们终成眷属。

诗人顾况与一宫女的"缘"就没以上那么圆满了。有次他泛舟于花园中，随手捞起一片硕大的梧桐叶子，见叶上题诗曰：

一入深宫里，年年不见春。
聊题一片叶，寄与有情人。

第二天他也在梧叶上题了一首诗：

花落深宫莺亦悲，上阳宫女断肠时。
帝城不禁东流水，叶上题诗欲寄谁？

带往上游，放于波中。

十几日后，有人于苑中寻春，又自水中得一叶上诗，显然是答顾况的：

一叶题诗出禁城，谁人酬合独含情？
自嗟不及波中叶，荡漾乘春取决行。

顾况得知，忧思良久，仰天叹曰："此缘难圆，天意也。虽得二叶，亦当视如多情红颜。"

据说他一直保存那两片叶子至死。

情爱之于宫女，实乃精神的奢侈。故她们对情爱的珍惜与向往，每每感人至深。

情爱之于现代人，越来越变得接近着生意。而生意是这世界上每天每时每刻每处都在忙忙碌碌地做着的。更像股票，像期货，像债券，像地摊儿交易，像拍卖行的拍卖，投机性、买卖性、速成性越来越公开，越来越普遍，越来越司空见惯。而且，似乎也越来越等于情爱本身了。于是情爱中那一种动人的、感人的、美的、仿佛天意般的“缘”，也越来越被不少男人的心女人的心理解为和捡钱褡子、中头彩、一锨挖到了金脉同一种造化的事情了。



我在中学时代，曾读过一篇《聊斋》中的故事，题目已经忘了，但内容几十年来依然记得——有一位落魄异乡的读书人，皇试之期将至，然却身无分文，于是怀着满腹才学，沿路乞讨向京城而去。一日傍晚，至一镇外，饥渴难耐，想到路途遥遥，不禁独自哭泣。有一辆华丽的马车从他面前经过而又退回，驾车的绿衣丫鬟问他哭什么？如实相告。于是车中伸出一只纤手，手中拿着一枚金钗，绿衣丫鬟接了递给他说：“我家小姐很同情你，此钗值百金，可卖了速去赶考。”

第二年，还是那个丫鬟驾着那辆车，又见着那读书人，仍是个衣衫褴褛的乞丐，很奇怪，便下车问他是不是去年落榜了？

他说不是的啊。以我的才学，断不至于榜上无名的。

又问：那你为什么还是这般地步呢？

答曰：路遇而已，承蒙怜悯，始信世上有善良。便留着金钗作纪念，怎么舍得就卖了去求功名啊。

丫鬟将话传达给车内的小姐，小姐便隔帘与丫鬟耳语了几句。于是那车飞驰而去，俄顷丫鬟独自归来，对他说：“我家小姐亦感动于你的痴心，再赠纹银百两，望此次莫错过赴考的机会。”

而他果然中了举人，做了巡抚。于是府中设了牌位，每日必拜自己的女恩人。

一年后，某天那丫鬟突然来到府中，说小姐有事相求——小姐丫鬟，皆属狐类。那一族狐，适逢天劫，要他那一身官袍焚烧了，才可避过灭族大劫。没了官袍，官自然也就做不成。更不要说还焚烧了，那将犯下杀头之罪。

狐仙跪泣曰：小小一钗区区百银，当初助君，实在并没有图报答的想法。今竟来请求你弃官抛位，而且冒杀头之罪救我们的命，真是说不出口啊。但一想到家族中老小百余口的生死，也只能厚着脸面来相求了。你拒绝，我也是完全理解的。而我求你，只不过是尽一种对家族的义务而已。何况，也想再见你一面，你千万不必为难。死前能再见到你，也是你我的一种缘分啊！……

那巡抚听罢，当即脱下官袍而焚，挂了官印，与她们一起逃走了……

使人不禁的就想起金人元好问《迈陂塘》中的词句："问世间，情是何物，直教生死相许。"

"直教"二字，后人们一向白话为"竟使"。然而我总固执地认为，古文中某些词句的语意之深之浓之贴切恰当，实非白话所能道清道透道详道尽。某些古文之语意语感，有时真比"外译中"尤难三分。"直教生死相许"中的"直教"二字，又岂是"竟使"二字可以解释得呢？好一个"直教生死相许"，此处"直教"得沉甸甸不可替代啊！

现代人的爱情或曰情爱中，早已缺了这分量，故早已端的是"爱情不能承受之轻"了。或反过来说"爱情不能承受之重"。其爱其情掺入了太多太多的即兑功利，当然也沉甸甸起来了。"情难禁，爱郎不用金"——连这一种起码的人性的洒脱，现代人都做不到了。钓金龟婿诱摇钱女的世相，其经验其技巧其智谋其逻辑，"直教"小说家戏剧家自叹虚构的本事弗如，创作高于生活的追求，"难于上青天”也。

进而想到，若将以上一篇《聊斋》故事放在现实的背景中，情节会怎么发展呢？收受了金钗的男子，哪里会留作纪念不忍卖而竟误了高考呢？那不是太傻帽儿了么？卖了而不去赴考，直接投作经商的本钱注册个小公司自任小老板也是说不定的。就算也去赴考了，毕业后分到了国家机关，后来当上了处长局长，难道会为了报答当初的情与恩而自断前程么？

如此要求现代人，不是简直有点儿太过分了么？

依顺了现代的现实性，爱情或曰情爱的“缘”的美和“义”的美，也就只有在古典中安慰现代人叶公好龙的憧憬了。

故自人类进入二十世纪以来，从全世界的范围看，除了为爱而弃王冠的温莎公爵一例，无论戏剧中影视文学中，关于爱情的真正感人至深的作品凤毛麟角。

《查泰莱夫人的情人》算一部。但是性的描写远远多于情的表现，也就真的失美了。《廊桥遗梦》也算一部。美国电影《人鬼情未了》是当年上座率最高的影片之一。这后两个故事，其实都可以在中国的古典爱情故事中找到痕迹。我们当然不能认为它们是“移植”，但却足以得出这样的结论——现代戏剧影视文学中关于爱与情的美质，倘还具有，那么与其说来自于现实，毋宁说是来自于对古典作品的营养的吸收。

这就是为什么《简·爱》、《梁山伯与祝英台》、《白蛇传》以及《牛郎织女》那样的纯朴的民间爱情故事等仍能成为文学遗产的原因。

电影《钢琴课》和《英国病人》属于另一种爱情故事，那种现代得近乎病态的爱情故事。在类乎心理医生对现代人的心灵所能达到的深处，呈现出一种令现代人自己怜悯自己的失落与失贞，无奈与无助。它们简直也可以说并非什么爱情故事，而是现当代人在与爱字相关的诸方面的人性病症的典型研究报告。

在当代影视戏剧小说中，爱可以自成喜剧自成闹剧自成讽刺剧自成肥皂剧连续剧，爱可以伴随着商业情节政治情节冒险情节一波三折峰回路转。

但，的的确确，爱就是不感人了，不动人了，不美了。

有时，真想听人给我讲一个感人的。动人的、美的爱情故事呢！不论那是现实中的真人真事，抑或纯粹的虚构，都想听呢……

# 普通人

## 普通人

父亲去世已经一个月了。

我仍为我的父亲戴着黑纱。

有几次出门前，我将黑纱摘了下来。但倏忽间，内心里涌起一种怅然若失的情感。戚戚地，我便又戴上了。我不可能永不摘下，我想。这是一种纯粹的个人情感。尽管这一种个人情感在我有不可殚言的虔意。我必得从伤绪之中解脱。也是无须乎别人劝慰我自己明白的。然而怀念是一种相会的形式。我们人人的情感都曾一度依赖于它……

这一个月里，又有电影或电视剧的制片人员，到我家来请父亲去当群众演员。他们走后，我就独自静坐，回想起父亲当群众演员的一些微事……

一九八四年至一九八六年，父亲栖居北京的两年，曾在五六部电影和电视剧中当过群众演员。在北影院内，甚至范围缩小到我当年居住的十九号楼内，这乃是司空见惯的事。

父亲被选去当群众演员，毫无疑问地最初是由于他那十分惹人注目的胡子。父亲的胡子留得很长。长及上衣第二颗纽扣。总体银白，须梢金黄。谁见了谁都对我说：梁晓声，你老父亲的一把大胡子真帅！

父亲生前极爱惜他的胡子。兜里常揣着柄木质小梳。闲来无事，就梳理梳理。

记得有一次，我的儿子梁爽天真地发问："爷爷，你睡觉的时候，胡子是在被窝里，还是在被窝外呀?"

父亲一时答不上来。

那天晚上，父亲竟至于因为他的胡子而几乎彻夜失眠；竟至于捅醒我的母亲，问自己一向睡觉的时候，胡子究竟是在被窝里还是在被窝外？无论他将胡子放在被窝里还是放在被窝外，总觉得不那么对劲……

父亲第一次当群众演员是在《泥人常传奇》剧组。导演是李文化。副导演先找了父亲。父亲说得征求我的意见。父亲大概将当群众演员这回事看得太重，以为便等于投身了艺术。所以希望我替他做主，判断他到底能不能胜任。父亲从来不做自己胜任不了之事。他一生不喜欢那种滥竽充数的人。

我替父亲拒绝了。那时群众演员的酬金才两元。我之所以拒绝不是因为酬金低。而是因为我不愿我的老父亲在摄影机前被人呼来挥去的。

李文化亲自来找我——说他这部影片的群众演员中，少了一位长胡子老头儿。

"放心，我吩咐对老人家要格外尊重，要像尊重老演员们一样还不行么?"——他这么保证。

无奈我只好违心同意。

从此，父亲便开始了他的"演员"生涯——更准确地说，是"群众演员"生涯——在他七十四岁的时候……

父亲演的尽是迎着镜头走过来或背着镜头走过去的"角色"。说那也算"角色"，是太夸大其词了。不同的服装，使我的老父亲在镜

一次，我从办公室回家，经过北影一条街——就是那条旧北京假景街，见父亲端端地坐在台阶上。而导演们在摄影机前指手画脚地议论什么，不像再有群众场面要拍的样子。

头前成为老绅士、老乞丐、摆烟摊的或挑菜行卖的……

不久，便常有人对我说："哎呀晓声，你父亲真好。演戏认真极了！"



父亲做什么事都认真极了。

但那也算"演戏"么？

我每每的一笑罢之。然而听到别人夸奖自己的父亲，内心里总是高兴的。

一次，我从办公室回家，经过北影一条街——就是那条旧北京假景街，见父亲端端地坐在台阶上。而导演们在摄影机前指手画脚地议论什么，不像再有群众场面要拍的样子。

时已中午，我走到父亲跟前，说："爸爸，你还坐在这儿干什么呀？回家吃饭！"

父亲说："不行。我不能离开。"

我问："为什么？"

父亲回答："我们导演说了——别的群众演员没事儿了，可以打发走了。但这位老人不能走，我还用得着他！"

父亲的语调中，很有一种自豪感似的。

父亲坐得很特别。那是一种正襟危坐。他身上的演员服，是一件褐色绸质长袍。他将长袍的后摆，掀起来搭在背上。而将长袍的前摆，卷起来放在膝上。他不依墙。也不靠什么。就那样子端端地坐着，也不知已经坐了多久。分明的，他唯恐使那长袍沾了灰土或弄褶皱了……

父亲不肯离开，我只好去问导演。

导演却已经把我的老父亲忘在脑后了，一个劲儿地向我道歉……

中国之电影电视剧，群众演员的问题，对任何一位导演，都是很沮丧的事。往往的，需要十个群众演员，预先得组织十五六个，真开拍了，剩下一半就不错。有些群众演员，钱一到手，人也便脚底板抹油，溜了。群众演员，在这点上，倒可谓相当出色地演着我们现实中的些个“群众”。些个中国人。

难得有父亲这样的群众演员。

我细思忖，都愿请我的老父亲当群众演员，当然不完全因为他的胡子……

那两年内，父亲睡在我的办公室。有时我因写作到深夜，常和父亲一块儿睡在办公室。

有一天夜里，下起了大雨。我被雷声惊醒，翻了个身，黑暗中，恍恍地，发现父亲披着衣服坐在折叠床上吸烟。

我好生奇怪，不安地询问：“爸，你怎了？为什么夜里不睡吸烟？你是不是有什么心事啊？”

黑暗之中，但闻父亲叹了口气。许久，才听他说：“唉，我为我们导演发愁哇！他就怕这几天下雨……”

父亲不论在哪一个剧组当群众演员，都一概地称导演为“我们导演”。从这种称谓中我听得出来，他是把他自己——一个迎着镜头走过来或背着镜头走过去的群众演员，与一位导演之间联得太紧密了。或者反过来说，他是太把一位导演，与一个迎着镜头走过来或背着镜头走过去的群众演员联得太紧密了。

而我认为这是荒唐的。

而我认为这实实在在是犯不上的。

我嘟哝地说：“爸，你替他操这份心干嘛？下雨不下雨的，与你有什么关系？睡吧睡吧！”

“有你这么说话的么？”父亲教训我到：“全厂两千来人，等着这一部电影早拍完，才好发工资，发奖金！你不明白？你一点不关心？”

我佯装没听到，不吭声。

父亲刚来时，对于北影的事，常以“你们厂”如何如何而发议论，而发感慨。不知从什么时候开始，他不说“你们厂”了，只说“厂里”了，倒好像他就是北影的一员。甚至倒好像他就是北影的厂长……



天亮后，我起来，见父亲站窗前发怔。

我也不说什么。怕一说，使他觉得听了逆耳，惹他不高兴。

后来父亲东找西找的。我问找什么。他说找雨具。他说要亲自到拍摄现场去，看看今天究竟是能拍还是不能拍。

他自言自语：“雨小多了嘛！万一能拍呐？万一能拍，我们导演找不到我，我们导演岂不是要发急么？……”

听他那口气。仿佛他是主角。

我说：“爸，我替你打个电话，向你们剧组问问不就行了么？”

父亲不语，算是默许了。

于是我就到走廊去打电话，其实是给我自己打电话。

回到办公室，我对父亲说：“电话打过了。你们组里今天不拍戏。”——我明知今天准拍不成。

父亲火了，冲我吼：“你怎么骗我?！你明明不是给我们剧组打电话！我听得清清楚楚。你当我耳聋么？”

父亲他怒纠纠地就走出去了。

我站在办公室窗口，见父亲在雨中大步疾行，不免地羞愧。

对于这样一位太认真的老父亲，我一筹莫展……

父亲还在朝鲜人民共和国选景于中国的一个什么影片中担当过群众演员。当父亲穿上一身朝鲜民族服装后，别提多么的像一位朝鲜老人了。那位朝鲜导演也一直把他视为一位朝鲜老人。后来得知他不是，表示了很大的惊讶。也对父亲表示了很大的谢意。并单独同父亲合影留念。

那一天父亲特别高兴，对我说："我们中国的古人，主张干什么事都认真。要当群众演员，咱们就认认真真地当群众演员。咱们这样的中国人，外国人能不看重你么？"

记得有天晚上，是一个星期六的晚上。我和妻子和老父母一块儿包饺子。父亲擀皮儿。

忽然父亲喟叹一声，喃喃地说："唉，人啊，活着活着，就老了……"

一句话，使我、妻、母亲面面相觑。

母亲说："人，谁没老的时候？老了就老了呗！"

父亲说："你不懂。"

妻煮饺子时，小声对我说："爸今天是怎么了？你问问他。一句话说得全家怪纳闷怪伤感的……"

吃过晚饭，我和父亲一同去到办公室休息。睡前，我试探地问："爸，你今天又不高兴了么？"

父亲说："高兴啊，有什么不高兴的！"

我说："那你包饺子的时候叹气，还自言自语老了老了的？"

父亲笑了，说："昨天，我们导演指示——给这老爷子一句台词！连台词都让我说了，那不真算是演员了么？我那么说你听着可以么？……"

我恍然大悟——原来父亲是在背台词。

我就说："爸，我的话，也许你又不爱听。其实你愿怎么说都行！反正到时候，不会让你自己配音，得找个人替你再说一遍这句话……"

父亲果然又不高兴了。

父亲又以教训的口吻说："要是都像你这种态度，那电影，能拍好么？老百姓当然不愿意看！一句台词，光是说说的事么？脸上的模样要是不对劲，不就成了嘴里说阴，脸上作晴了么？"



父亲的一番话，倒使我哑口无言。

惭愧的是，我连父亲不但在其中当群众演员，而且说过一句台词的这部电影，究竟是那个厂拍的，片名是什么，至今一无所知。

我说得出片名的，仅仅三部电影——《泥人常传奇》、《四世同堂》、《白龙剑》。

前几天，电视里重播电影《白龙剑》，妻忽指着屏幕说："梁爽你看你爷爷！"

我正在看书，目光立刻从书上移开，投向屏幕——却哪里有父亲的影子……

我急问："在哪儿在哪儿？"

是啊，父亲所"演"，不过就是些迎着镜头走过来或背着镜头走过去的群众角色。走得时间最长的，也不过就十几秒钟。然而父亲的确是一位极认真极投入的群众演员——与父亲"合作"过的导演们都这么说……

在我写这篇文字时间，又有人打来电话——

"梁晓声？……"

"是我。"

"我们想请你父亲演个群众角色啊！……"

"这……我父亲已经去世了……"

"去世了？……对不起……"

对方的失望大大多于对方的歉意。

如今之中国人，认真做事认真做人的，实在不是太多了。如今之中国人，仿佛对一切事都没了责任感。连当着官的人，都不大肯愿意认真地当官了。

有些事，在我，也渐渐地开始不很认真了。似乎认真首先是对自己很吃亏的事。

父亲一生认真做人。认真做事。连当群众演员，也认真到可爱的程度。

这大概首先与他愿意是分不开的。一个退了休的老建筑工人，忽然在摄影机前走来走去，肯定是他的一份儿愉悦。人对自己极反感之事，想要认真也是认真不起来的。这样解释是完全解释得通的。但是我——他的儿子，如果仅仅得出这样的解释，则证明我对自己的父亲太缺乏了解了！

我想——“认真”二字，之所以成为父亲性格的主要特点，也许更因为他是一位建筑工人。几乎一辈子都是一位建筑工人。而且是一位优秀的获得过无数奖状的建筑工人。

一种几乎终生的行业，必然铸成一个人明显的性格特点。建筑师们，是不会将他们设计的蓝图给予建筑工人——也即那些砖瓦灰泥匠们过目的。然而哪一座伟大的宏丽建筑，不是建筑工人们一砖一瓦盖起来的呢？正是那每一砖每一瓦，日复一日，月复一月，年复一年地、十几年、几十年地，培养成了一种认认真真的责任感。一种对未来之大厦矗立的高度的可敬的责任感。他们虽然明知，他们所参与的，不过一砖一瓦之劳，却甘愿通过他们的一砖一瓦之劳，促成别人的冠环之功。

他们的认真乃因为这正是他们的愉悦！

愿我们的生活中，对他人之事的认真，并能从中油然引出自己之愉悦的品格，发扬光大起来吧！

父亲是一个普通得不能再普通的人，父亲曾是一个认真的群众演员。或者说，父亲是一个“本色”的群众演员。

以我的父亲为镜，我常不免地问自己——在生活这大舞台上，我也是演员么？我是一个什么样的演员呢？就表演艺术而言，我崇敬性格演员。就现实中人而言，恰恰相反，我崇敬每一个“本色”的人，而十分警惕“性格演员”。

# 代　沟

相当长一个时期以来，我认为“代沟”仅仅是不同代之人对同一事物的不同看法。最近我才渐悟——不同看法，那固然也是“代沟”现象的一个方面，但却并非主要的方面，更非本质的方面；而本质的方面是——对同一事物，上一代人不管多么强调关注它的必须性，下一代人竟根本连眼角的余光都不瞥过去一下。按鲁迅先生的话讲，此最大之轻蔑也。

对同一事物的看法，两代人或隔代人之间还发生争论，实在是上一代人上上一代人的欣慰。这一点起码证明，那事物以及对那事物的看法，下一代人或下下一代人们有点儿在乎着。

为什么我要指出是上一代人或上上一代人的欣慰，而不说是双方的欣慰呢？乃因归根结底，下一代的“在乎着”是暂时的，表面的，注定了要朝根本不再“在乎”转化过去的。细分析之，此时两代人之间的争论，即使显得似乎白热化，其实证明上一代人对下一代人就某事物的看法毕竟还是客观发挥着一些影响力。争论表明下一代人对此种“代”作用于“代”的影响力还多少有几分“在乎着”。同时，未尝不包含着下一代人对上一代人的情绪的照顾。那是代与代之间的感情的效应。真相往往是这样——当下一代人对社会对时代的认识还处在较初级的阶段，亦即对自己的适应能力尚无把握缺乏信心的阶段，“代”与“代”之间的偶尔争论是以上一代人的优势为特点的。简直又可以说，往往是上一代人首先发起的。此时下一代人从各方面来讲都处于劣势。无论他们仅仅是上一代人的儿女；或学生；或属下；或关系松散的社会群体。从性质上说，占尽优势的上一代人，在争论中往往表现出压迫的意味儿。谆谆教导，诲人不倦，不以为然，三令五申，反对禁止，总之是居高临下好为人师的一套罢了。哪怕此时上一代人的看法是对的，是绝对的对的；动机是好的，是绝对的好的；见解堪称经验，是百分百宝贵的经验，都不能改变争论的性质。争论是什么？口舌之战而已。占尽优势的一方，就算刻意作宽大量之状，心理上也必是强硬的。明白胜券总归操在自己手中。而下一代，此时只有虚晃一枪，随之偃旗息鼓。那是他们的权宜之计。明智从来是人们处于劣势时的上策。

当下一代对社会对时代的认识上升到了中级阶段，亦即对自己的适应能力有了些把握有了些信心的阶段，于是代与代之间的争论从家庭到单位到社会的各个层面开始频繁发生。这时候，几乎只有这时候，上一代人才恍然意识到，所谓“代沟”，在自己和下一代人之间已经形成。人类的社会，可以凭了良好的愿望和被它所促使的能动性，防止许多结果，消除许多结果的因素于端倪——但人类永远无法避免“代沟”，更不可能靠任何方法预先消除它的成因。它如生老病死，是人类社会自然和必然的规律。在上一代人那儿，这时候“代沟”仿佛刚刚形成，是自己们所面临的一个新的“问题”。而在下一代那儿，他们显然已经觉得忍受得太久了。他们有点儿急不可待地要表达自己的看法了，要宣布自己的意见和主张了。总而言之，下一代要发言了。他们的这一种欲望此时特别强烈。他们的看法、意见和主张、理念和价值观，相对于上一代人所苦心构筑的社会和时代的稳定性以及伦理性秩序，往往意味着是叛逆、是挑战、是破坏、是颠覆，然而他们不准备一味妥协了。于是“代”与“代”之间的冲突无法掩盖，社会和时代的气氛，因此而令两代人甚至三代人都备感浮躁。隔代人无论是老的一代还是小的一代，处于关系紧张的两代人之间往往不知所措，怎么样都难以摆正自己的位置。争论通常是没有结果的。各执一词，据理力争，对错实难分清。所谓结果，往往已不由对错来决定，而由从家庭到单位到社会的各个方面谁更强硬一些来决定。在家庭中，下一代人反而更强硬一些了。在家庭中，上一代人也开始学着明智了，开始研究妥协的艺术了，开始咀嚼不得已的退让是什么滋味了。尽管上一代人每每会装出不是退让而是迁就的“高姿态”。但双方都明白，上一代人对下一代人的长期影响，从此势微了。在单位，上一代人表面还占尽着优势，依然是能左右冲突的结局。但那已不是靠着从前的影响力和魅力在左右，而往往更是靠着身份、地位和权力了。倘不借助甚或完全依仗那些，上一代人对于下一代人的“冒犯”，便几乎束手无策了。或换一种说法，在下一代心目中，上一代人的主导能力，已经变得越来越削弱了。通常，下一代人并非总有意识地非要“冒犯”上一代人，而确实是由于两代人之间的种种分歧日愈加剧，下一代人跃跃欲试，渴望上升为主导的一代，以自己的理念和方式方法，充分显示自己的能力。如此而已，仅此而已。“代”与“代”之间的冲突、摩擦、争论，于是处于“活动期”的状态。如同疾病在人的身体中处于“活动期”。这只是一个不甚恰当的比喻。“代沟”现象，无论对于社会、时代和两代人而言，如前所述，当然并不是什么疾病，也不是什么问题。

在“代沟”的“活动期”，各种社会和时代测试的指标表明，两代人共同关注的事物是多的，而不是少的。冲突、摩擦、争论，皆因“共同关注”。这是“代”与“代”之间，最后的紧密又紧张的关系，或曰“藕断丝连”的一种关系。

到了“代沟”的第三阶段，情形反过来了。共同关注的事物越来越少了，各自关注的事物越来越多了。此时的社会和时代，其实业已悄悄地完成了通常每被社会学家们所忽略的，可以称之为第三种势力的再分配。亦即除了政治和大经济（关乎国计民生的经济）之外，传统社会学词典中叫做意识形态的那一种势力的再分配。上一代人说它是意识形态，是世界观，人生观；下一代人并不那么看。在下一代人那儿，它只不过是与不同的人们的不同活法有关的一些自由选择而已。是的，下一代人正是首先在这一层面上，渐渐地，悄悄地，也是成功地突破了上一代人的种种束缚和限制。于是上一代人猛地发觉，在自己不经意间，下一代人早已疏远了自己，并且在对社会和时代的适应能力、自主性两方面，令他们惊讶地成长壮大了。从前上一代人每想，下一代人离开了自己可怎么办呢？故有时他们也是完全出于一种责任感和使命感，而一厢情愿地掌控着下一代人的活法。而此时，实际上被“抛弃”的，似乎更是上一代人。于是上一代人别提有多么失落。他们连想和下一代争论，不，不，哪怕仅仅是讨论的机会也几乎没有了。下一代人早已不愿再和上一代人讨论什么了。更不屑于争论什么了。他们在自己的势力范围内如鱼得水，自得其乐，充分享受由自己的成长壮大而占领了的“根据地”。他们的人生状态看去也许远不如某些上一代人那么风光，那么意得志满。但他们确乎的比上一代人活得率性，活得自我。而那往往是下一代人热爱生活的第一种理由。这一点，在上一代人那儿，一向是嗤之以鼻的。

因了他们对人的活法的理解已与上一代人大相径庭，甚至背道而驰，于是社会和时代中，产生出了新的种种的可用五花八门来形容的消费观、社交观、情爱观、婚姻观、择业观、审美观、娱乐观、伦理观等等，不一而足。一言以蔽之，社会的许多方面都随之而改、而变。

“代沟”在这一个阶段，“成熟”了，像一季果子成熟了。它定型了。我们都知道的，成熟的果子不会再长大，却也不会再变小。而“成熟”了的“代沟”，不再冲突，也不再摩擦。因为，上一代人关注的，以为重要的事，在下一代人那儿仿佛并不存在；而下一代人关注的，以为重要的事，上一代人已知之不多。那都是些新的事物呀！这时，几乎只有这时，“代沟”现象出现了反过来的情况——上一代人变得虚心了，不耻下问了。有时，进而会变得以媚取悦了。上一代人的头脑之中于是发生了一种前所未有的迷惘与困惑，已搞不大清楚与下一代人之间的隔阂，是否便意味着是自己不可救药的落伍。他们开始放弃种种原本一向坚持的上一代人的原则，开始以讨好的低姿态向下一代人靠拢，并不被怎么友善地待见也不在乎了。上一代人与下一代人几乎只剩下了一个共同的话题，那就是——钱。即使对于钱，分歧也多多。在家庭里，在单位里，在社会的各方各面，“代”与“代”之间的关系，可以说已无“沟”，因为“井水河水互不犯”，就水平一片了。也可以说那“沟”已深得不能再深，连玩笑都被看不见的“沟”隔开着了，仿佛不同民族有着不同的语言。此时隔代冲突、摩擦、争论的现象已是鲜见之事。成心挑起也很难了。因为关系直接的两代人之间都不复那样了，隔代人还冲突个什么劲儿呢？

在“代沟”的“成熟”阶段，隔代人往往亲密有加起来。

我们回顾历史便会发现所谓“代沟”的另一条规律，或曰另一种真相——原来不管下一代人在上一代人心目中究竟是怎样的，社会和时代的天平最终总是要倾斜向下一代一边的。因为下一代，毕竟是一天比一天成长壮大着的一代。而他们给社会和时代注入的新内容、活力，肯定比上一代多。

“代沟”是人类社会一门永远的课程。在这一门课程中没有过一位先生，全人类一代一代皆是它的学生。谁想逃学想旷课都办不到。也没有过任何标准答案，因为人类的社会和时代沧海桑田，今昔更替，是非对错永远被不断地反思和再认识，再检验。对于“代沟”这一张考卷，只有上一代和下一代人不同之解答方式的区别。对前者们，较好的解答方式其实只不过是顺其自然，以平常心接受并尊重它的真相。同时并不“媚下”。“媚下”也不配有上一代的自尊。

从哲学的角度讲，“同一事物”原本是不存在的。上一代人必须明白的起码一点是——自己比下一代更应该做“代沟”这一门课程的好学生，而非下一代的先生……

# 还是爱兵

如果你有什么事情要向人无虑相托，你看见一个兵，如果他真是一个兵的话，你就是看见了一个最值得信赖的人。

天黑了。

暴风雪呼啸得更加狂怒了。一辆客车，已经被困在公路上六七个小时了。

车上的二十几名乘客中，有一位抱着孩子的年轻母亲，她的孩子刚刚两岁多一点儿；还有一个兵，他入伍不久，他那张脸看上去怪稚气的，使人觉得似乎还是个少年哪。

估计那时车厢里的温度，由白天的摄氏零下三十度左右，渐降至摄氏零下四十度左右了。车窗全都被厚厚的雪花贴严了，车厢里伸手不见五指。每个人都快冻僵了。那个兵自然也不例外。不知从哪一年起，中国人开始将兵叫做“大兵”了。其实，按他们的年龄，在城里人家，仍被当“孩子”看待着。普遍的“大兵”们，实在都是些小战士。

那个兵，原本是乘客中穿得最保暖的人——棉袄，棉裤，冻不透的大头鞋，羊剪绒的帽子和里边是羊剪绒的棉手套，还有一件厚厚的羊毛军大衣。

但此刻，他肯定是身上最寒冷的一个人。

他的大衣让司机穿走了。只有司机知道应该到哪儿去求援。可司机起初不肯去，怕离开车后被冻死在路上。于是兵就毫不犹豫地将大衣脱下来了……

他见一个老汉只戴一顶毡帽，冻得不停地淌清鼻涕，挂了一胡子，样子非常可怜。于是摘下他的羊剪绒的帽子，给老汉戴上了。老汉见兵剃的是平头，不忍接受。兵憨厚地笑笑说："大爷您戴着吧！我年轻，火力旺。没事儿。"人们认为他是兵，他完全应该那么做。他自己当然也这样认为。

后来他又将他的棉手套送给一个少女戴。

她接受时对他说："谢谢。"

他说："不用谢。这有什么可谢的？我是兵嘛，应该的。"

后来一位年轻的母亲哭了。她发现她的孩子已经冻得嘴唇发青，尽管她一直紧紧地抱着孩子。

于是有人叹气……

于是有人抱怨司机怎么还没找来救援的人们……

于是有人骂娘，骂天，骂地，骂那年轻的母亲哭得自己心烦心慌……

于是，兵又默默地脱自己的棉袄……

那时刻天还没黑。

一个男人说："大兵，把棉袄卖给我吧！我出一百元！我身上倒不冷，可我的皮鞋冻透了。我用你的棉袄包脚。怎么样，怎么样？"

一个女人说："我加五十元卖给我！他的大衣比我的大衣厚。我有关节炎，我得再用什么护住膝盖呀！"

兵对那男人和女人摇摇头。在人们的注视下，走到那位年轻母亲身边，帮着她，用自己的棉袄，将她的孩子严严地包起来了……

穿着大衣的几个男人和女人，都用大衣将自己裹得更紧了。仿

后来一位年轻的母亲哭了。她发现她的孩子已经冻得嘴唇发青，尽管她一直紧紧地抱着孩子。

佛兵的举动，使他们冷上加冷了……

再后来，天就黑了。

伸手不见五指的车厢里忽然有火苗一亮。是那个想出一百元买下他棉袄的男人按着了打火机。他接近到兵跟前，一松手指，打火机灭了。车厢里又伸手不见五指了。



他低声说："真的，你这兵就是经冻。咱俩商量个事儿，把你的大头鞋卖给我吧！二百元！二百元啊！"

兵说："这不行。我要冻掉了双脚，就没法儿再当兵了。"

他一再的央求。说哪儿会冻掉你双脚呢！你多经冻呀！不会的。说你太傻点儿了吧？你把大衣、棉袄、帽子和手套都白送给别人穿着戴着了，怎么我买你一双鞋你倒不肯了呢？没人会知道你是卖给我的！大家都睡着了，听不到咱俩这么小声说的话……

兵沉默片刻，犹豫地说："那……如果你愿意用你那半瓶酒和我换的话，我可以考虑……"

于是他又按着打火机，回到自己的座位那儿，取来了他喝剩下的半瓶酒交给了兵……

于是兵弯下腰，默默解自己的鞋带儿……

俩人互换之际，他又灌了一大口酒。好像如若不然，这种交换，在他那一方面是很吃亏的。

兵从车厢这一端，摸索着走向那一端。依次推醒人们，让所有的人都饮口酒驱寒。包括那位年轻的母亲。包括那少女。男人在这种情况下一个比一个贪心。反正黑暗掩护着贪心，谁也看不见谁喝得太多了……

酒瓶回到兵的手中时，兵最后将它对着嘴举了起来——只有几滴酒缓缓淌进了兵的嘴里。兵感到口中一热，似乎浑身也随之热了一下……

拂晓，司机引领来了铲雪车和救援的人。乘客们欢呼起来。只有一个人没欢呼。就是兵。就是那脸上看去怪稚气的兵。就是那使人觉得似乎还是个少年的兵。

他冻僵在自己的座位上。

事后人们才知道，他入伍才半年。他还不满十九岁。他是一个多子、女的穷困乡村的农家的长子。他的未婚妻是个好姑娘，期待着他复员后做他的贤妻……

在北京，在一九九六年的夏天，在一家小饭馆儿里，有几个喝得半醉不醉的男人，公开调戏一个女招待员。那姑娘分明是从外地农村进京被招聘的。目睹劣行的人们，包括我自己，敢怒而不敢言。他们人多。我那天是陪一位新疆来的维吾尔族朋友吃便饭。我的维吾尔族朋友已在怒视着他们了。

忽然一个兵走了进来。兵看见那一幕，转身退出了。

我悄悄对我的维吾尔族朋友说："你忍着点儿啊，你看兵都不管这类闲事儿了！"

而那兵却又进来了，而且带进了另一个兵。两个兵都那么年轻，像两个穿兵服的高中男生。

他们干预了。

那些人就骂兵，就转而围攻兵。将两个兵逼在墙角里，用下流的话侮辱他们。

两个小兵隐忍着，涨红了脸。

我的维吾尔族朋友拍案而起……

目睹着势态的人们都拍案而起了……

两个小兵摆出了格斗的姿势……

那些可恶的男人心虚了，胆怯了，撇下一桌子饭菜，一个个神色惶惶地溜之大吉了……

两个小兵，向人们庄庄重重地敬了一个军礼，要了两碗面条，端到一个角落去吃。很快吃完。走前，在门口又向人们庄庄重重地敬了一个军礼……



我的维吾尔族朋友，接着就给我讲了那个被冻死的兵的故事。不，不是故事，而是——真事。这事几年前发生在新疆，从没被报道过。当时在车上的那位年轻的母亲，乃是我的维吾尔族朋友的妻子。

他说："从那儿以后，谁侮辱兵，就像侮辱我的亲弟弟。尽管我没有弟弟。谁骂兵的父母，就像骂我的父母。我就想和谁打架！"

从那以后，我就一直想为中国的兵写一篇文字。尽管我一天军装也没穿过。从那以后，我总想说出一句心里话是——我爱兵……

"上山下乡"的年代，当兵是逃脱这一场运动的抛掷的捷径。只极少数的父母才有资格替他们的儿女做这样幸运的选择。

现在，据我所知，兵的队列，主要是由农家子弟组成的了。而且主要是由较穷困的农家子弟组成的。富了的和很富了的农家，自有办法不让他们的子弟去当兵。

这些十八九岁的农家子弟啊，他们一穿上那身迷彩服，就开始被训练成为不同的人。

训练成什么样的人呢？

毛主席当年有一条"最高指示"，叫做"一不怕苦，二不怕死"。

他们就被训练成这样的人。时刻准备着，为了老百姓去出生入死，赴汤蹈火。一切的大灾难发生之后，最先出现的，必是当兵的身影无疑。兵的使命，使他们不惧伤亡，一往无前，前赴后继。

在全国"作协第五次代表大会"期间，我与军队作家周大新一同看电影。那是一部国产影片，一部关于兵的影片，反映兵们在中越边境地带如何扫雷。

大新不停地以手拭目。

我问："大新，你在流泪？"

他说："嗯，我在流泪。"

我问："你很受感动？"

他说："嗯，我很受感动。我带兵执行过这种任务，当过他们的指导员。"

"那雷的威力似乎不大啊，就炸掉了兵的一小截腿嘛！"

"它就要兵的一腿。"

"那么兵以后呢？"

"就转业了。"

"抚恤金呢？"

"很少……"

"牺牲了呢？……牺牲了给多少钱……"

话一出口，我顿觉自己问得那么轻佻。

而大新又抹眼泪，未回答。

战争也罢，抢险救灾也罢，一道军令，兵就"一不怕苦，二不怕死"。兵的生命兵的血，从穿上兵服那一天起，就完全地奉献给军队了。

人们啊，难道我们能否认这样的事实么？——当你处在危难之际，如果你看见兵，你就有救了。如果你被歹徒所拦劫，兵会为救你向歹徒扑上去。哪怕歹徒凶器在手，似狼似虎，而兵赤手空拳着……

一位在公安部门工作的朋友曾告诉我——他审讯车匪路霸时，曾有如下的问答：

"为什么单单抢劫第二辆车而放过了第一辆车？"

“因为……因为第一辆车上有几个兵……”

和兵在一起，许多人就会逢凶化吉，一路平安。

如果你有什么事情要向人无虑相托，你看见一个兵，如果他真是一个兵的话，你就是看见了一个最值得信赖的人。报载一位厂长在火车上请一个兵替他看着自己的手提包，他下到站台上没能及时上车，而那手提包里有十几万公款。不久，那个兵亲自将提包送到了他的单位。

如果你要踏上一条充满艰难险阻的路，有一个兵为伴，你就会暗自庆幸的。因为你深信，无论在什么情况之下，他都不会甩下你不管。如果有两个兵为伴，你就会无忧无虑。如果有三个兵为伴，你简直可以唱着歌儿上路。尽管他们才十八九二十来岁，尽管在年龄上你可做他们的长兄乃至父亲……

我曾为海军作家李忠效创作的电视剧写过一篇短评——他是根据一名水兵的真事创作的。水兵是一户穷困渔民的儿子。他回家探亲，和渔民们一同出海打鱼。台风陡起，击碎了渔船。七名渔民无一丧生。水兵的父母却再也见不到儿子了。他三次将自己抱着的碎船板推给了别人抱着。他三次把生留给了别人……

放眼当今，在军队中，在那些年纪轻轻的兵中，才有很多这样特殊的人啊！

关于兵的事，知道的渐多了，真的不能不从心底爱他们。

有时从电视里看兵在进行军训的专题片，心中常不禁地暗想——带兵的军官们啊，现在不是和平时期么？那就别太严格地要求兵们吧！

这当然是很迂腐可笑的想法。

但是却不禁地还是要这么想。甚至不止一次不止对一位当军官的朋友们这么说。

中国的兵，是名副其实的人民子弟兵。

人民子弟兵，据我想来，第一是要忠于人民。谁破坏了人民子弟兵和人民的关系，谁就是有罪过的人。人民子弟兵，永永远远的和人民保持鱼水之情，血肉之亲，唇齿之依，多好啊！

据我想来，这该便是中国安定的大前提，“中国特色”的大质量吧？

是的，我爱兵……

从内心里爱他们！

# 温　馨

如今想来，温馨在母亲和弟弟妹妹眼里，在我心里。他们眼里有种感动，我心里有种快乐。仿佛，感动是火苗，快乐是劈柴，于是家里温馨重重。尽管那时还没生火，屋子挺冷……

温馨是纯粹的汉语词。

近年常读到它，常听到它；自己也常写到它，常说到它。于是静默独处之时每想——温馨，它究竟意味着什么呢？

是某种情调吗？是某种氛围吗？是客观之境？抑或仅仅是主观的印象？它往往在我们内心里唤起怎样的感觉？我们为什么特别不能长期地缺少了它？

那夜失眠，依床而坐，将台灯罩压得更低，吸一支烟，于万籁俱寂中细细筛我的人生，看有无温馨之瑞风干在我的记忆中。

从小学二三年级起，母亲便为全家的生活去离家很远的工地上班。每天早上天未亮便悄悄地起床走了，往往在将近晚上八点时才回到家里。若冬季，那时天已完全黑了。比我年龄更小的弟弟妹妹都因天黑而害怕，我便冒着寒冷到小胡同口去迎母亲。从那儿可以望到马路。一眼望过去很远很远，不见车辆，不见行人。终于有一个人影出现，矮小，然而“肥胖”。那是身穿了工地上发的过膝的很厚的棉坎肩所致。像矮小却穿了笨重铠甲的古代兵卒。断定那便是母亲。在幽蓝清冽的路灯光下，母亲那么快地走着。她知道小儿女们还饿着，等着她回家胡乱做口吃的呢！

于是跑着迎上去，边叫："妈！妈！……"

如今回想起来，那远远望见的母亲的古怪身影，当时对我即是温馨。回想之际，觉得更是了。

小学四年级暑假中的一天，跟同学们到近郊去玩，采回了一大捆狗尾草。采那么多狗尾草干什么呢？采时是并不想的。反正同学们采，自己也跟着采，还暗暗竞赛似的一定要比别的同学采得多，认为总归是收获。母亲正巧闲着，于是用那一大捆狗尾草为弟弟妹妹们编小动物。转眼编成一只狗，转眼编成一只虎，转眼编成一头牛……她的儿女们属什么，她就先编什么。之后编成了十二生肖。再之后还编了大象、狮子、仙鹤和凤凰……母亲每编成一种，我们便赞叹一阵。于是母亲一向忧愁的脸上，难得地浮现出了微笑……

如今回想起来，母亲当时的微笑，对我即是温馨。对年龄更小的弟弟妹妹们也是。那些狗尾草编的小动物，插满了我们破家的各处。到了来年，草籽干硬脱落，才不得不一一丢弃。

我小学五年级时，母亲仍上着班。但那时我已学会了做饭。从前的年代，百姓家的一顿饭极为简单，无非贴饼子和粥。晚饭通常只是粥。用高粱米或包谷楂子煮粥，很费心费时的。怎么也得两个小时后才能煮软。我每坐在炉前，借炉口映出的一小片火光，一边提防着粥别煮糊了一边看小人书。即使厨房很黑了也不开灯，为的省几度电钱……

如今回想起来，当时炉口映出的一小片火光，对我即是温馨。回想之际，觉得更是了。

由小人书联想到了小人书铺。我是那儿的熟客，尤其冬日去。倘积攒了五六分钱，坐在靠近小铁炉的条凳上，从容翻阅；且可闻

我每坐在炉前，借炉口映出的一小片火光，一边提防着粥别煮糊了一边看小人书。即使厨房很黑了也不开灯，为的省几度电钱……

炉上水壶嗞嗞作响，脸被水汽润得舒服极了，鞋子被炉壁烘得暖和极了；忘了时间，忘了地点；偶一抬头，见破椅上的老大爷低头打盹，而外边，雪花在土窗台上积了半尺高……

如今想来，那样的夜晚，那样的时候，那样的地方，相对是少年的我便是一个温馨的所在。回想之际，觉得更是了。

上了中学的我，于一个穷困的家庭而言，几乎已是全才了。抹墙，修火炕，砌炉子，样样活儿都拿得起，干得很是在行。几乎每一年春节前，都要将个破家里里外外粉刷一遍。今年墙上滚这一种图案，明年一定换一种图案，年年不重样。冬天粉刷屋子别提有多麻烦，再怎么注意，也还是会滴得哪哪都是粉浆点子。母亲和弟弟妹妹们撑不住盹，东倒西歪全睡了。只有我一个人还在细细地擦、擦、擦……连地板都擦出清晰的木纹了。第二天一早，母亲和弟弟妹妹们醒来，看看这儿，瞅瞅那儿，一切干干净净有条不紊；看得目瞪口呆……

如今想来，温馨在母亲和弟弟妹妹眼里，在我心里。他们眼里有种感动，我心里有种快乐。仿佛，感动是火苗，快乐是劈柴，于是家里温馨重重。尽管那时还没生火，屋子挺冷……

下乡了，每次探家，总是在深夜敲门。灯下，母亲的白发是一年比一年多了。从怀里掏出积攒了三十几个月的钱无言地塞在母亲瘦小而粗糙的手里，或二百，或三百。三百的时候，当然是向知青战友们借了些的。那年月，二三百元，多大一笔钱啊！母亲将头一扭，眼泪就下来了……

如今想来，当时对于我，温馨在母亲的泪花里。为了让母亲过上不必借钱花的日子，再远的地方我都心甘情愿地去，什么苦都算不上是苦。母亲用她的泪花告诉我，她完全明白她这一个儿子的想法。我心使母亲的心温馨，母亲的泪花使我心温馨……

参加工作了，将老父亲从哈尔滨接到了北京。十四年来的一间筒子楼宿舍，里里外外被老父亲收拾得一尘不染。经常的，傍晚，我在家里写作，老父亲将儿子从托儿所接回来了。但听父亲用浓重的山东口音教儿子数楼阶：“一、二、三……”所有在走廊里做饭的邻居听了都笑，我在屋里也不由得停笔一笑。那是老父亲在替我对儿子进行学前智力开发，全部成果是使儿子能从一数到了十。

父亲常慈爱地望着自己的孙子说：“几辈人的福都让他一个人享了啊！”

其实呢，我的儿子，只不过出生在筒子楼，渐渐长大在筒子楼。

有天下午我从办公室回家取一本书，见我的父亲和我的儿子相依相偎睡在床上，我儿子的一只小手紧紧揪住我父亲的胡子——他怕自己睡着了，爷爷离开他不知到哪儿去了……

那情形给我留下极为温馨的印象；还有我老父亲教我儿子数楼阶的语调，以及他关于“福”的那一句话。

后来父亲患了癌症，而我又不能不为厂里修改一部剧本。我将一张小小的桌子从阳台搬到了父亲床边，目光稍一转移，就能看到父亲仰躺着的苍白的脸。而父亲微微一睁眼，就能看到我和他对面养了十几条美丽金鱼的大鱼缸。在父亲不能起床后我为父亲买的。十月的阳光照耀着我，照耀着父亲。他已知自己将不久于世，然只要我在身旁，他脸上必呈现着淡对生死的镇定和对儿子的信赖。一天下午一点多我突觉心慌极了，放下笔说：“爸，我得陪您躺一会儿。”尽管旁边有备我躺的钢丝床，我却紧挨着老父亲躺了下去。并且，本能地握住了父亲的一只手。五六分钟后，我几乎睡着了，而父亲悄然而逝……

如今想来，当年那五六分钟，乃是我一生体会到的最大的温馨。感谢上苍，它启示我那么亲密地与老父亲躺在一起，并且握着父亲的手。我一再地回忆，不记得此前也曾和父亲那么亲密地躺在一起过；更不记得此前曾在五六分钟内轻轻握着父亲的手不放过。真的感谢上苍啊，它使我们父子的诀别成了我内心里刻骨铭心的温馨……

后来我又一次将母亲接到了北京，而母亲也病着了。邻居告诉我，每天我去上班，母亲必站在阳台上，脸贴着玻璃望我，直到无法望见为止。我不信，有天在外边抬头一看，老母亲果然在那样地望我。母亲弥留之际，我企图嘴对着嘴，将她喉间的痰吸出来。母亲忽然苏醒了，以为她的儿子在吻别她。母亲她的双手，一下子紧紧搂住了我的头。搂得那么紧那么紧。于是我将脸乖乖地偎向母亲的脸，闭上眼睛，任泪水默默地流。

如今想来，当时我的心悲伤得都快要碎了。所以并没碎，是由于有温馨黏住了啊！在我的人生中，只记得母亲那么亲爱过我一次，在她的儿子快五十岁的时候。

现在，我的儿子也已大三了。有次我在家里，无意中听到了他与他同学的交谈：

“你老爸对你好吗?”

“好啊。”

“怎么好法?”

“我小时候他总给我讲故事。”

其实，儿子小时候，我并未“总给”他讲故事。只给他讲过几次，而且一向是同一个自编的没结尾的故事。也一向是同一种讲法——该睡时，关了灯，将他搂在身旁，用被子连我自己的头一起罩住，口出异声：“呜……荒郊野外，好大的雪，好大的风，好黑的夜啊！冷呀！呱嗒，呱嗒……爪子落在冰上的声音……大怪兽来了，它嗅到了我们的气味儿了，它要来吃我们了……”

儿子那时就屏息敛气，缩在我怀里一动也不敢动。幼儿园老师觉出儿子太胆小，一问方知缘故，曾郑重又严肃地批评我："你一位著名作家，原来专给儿子讲那种故事啊！"



孰料，竟在儿子那儿，变成了我对他"好"的一种记忆。于是不禁地想，再过若干年，我彻底老了，儿子成年了，也会是一种关于父亲的温馨的回忆吗？尽管我给他的父爱委实太少，但却同一切似我的父亲们一样抱有一种奢望，那就是——将来我的儿子回忆起我的，或可叫做"温馨"的情愫多于"呜……呱嗒、呱嗒……"

某人家乔迁，新居四壁涂暖色漆料，贺者曰："温馨。"

年轻夫妻终于拥有了自己的小家，他们最在乎的定是卧室的装修和布置，从床、沙发的样式到窗帘的花色，无不精心挑选，乃为使小小的私密环境呈现温馨。

少女终于在家庭中分配到了属于自己的房间，也许很小很小，才七八平方米，摆入了她的小床和写字桌再无回旋之地；然而几天以后你看吧。它将变得每一个角落都充满了温馨。

新房大抵总是温馨的。倘一对新人恩爱无限，别人会感到连床边的两双拖鞋都含情脉脉似的；吸一下鼻子，仿佛连空气中都飘浮着温馨。反之，若同床异梦，貌合神离，那么新房的此处或彼处，总之必有一处地方的一样什么东西向他人暗示，其实反映在人眼里的温馨是假的。

在商业的时代，温馨是广告语中频频出现的词汇之一。我曾见过如下广告：

"饮××酒吧，它能使你的人生顿变温馨。"

我想，那大约只能是对斯文的醉君子而言，若是酒鬼又醉了，顿时感到的一定是他的人生的别一种滋味。

最令我讶然的是一则妇女卫生巾广告：

“用××卫生巾，带给你难忘温馨。”

余也愚钝，百思不得其解。

酒吧总是刻意营造温馨的。

我虽一向拒沾酒气，却也被朋友邀至过酒吧几次。

朋友问：“够温馨吧?”

烛光相映，人面绰约，靡音萦绕；有情人或耳鬓厮磨，或呢哝低语。

我说：“温馨。”

然内心里却半点儿体会到温馨的真感觉也没有。

我想，温馨肯定是多种多样的。除了那两条广告其意太深我无法理解，以上种种皆是温馨，也不该成为什么问题。

我想，温馨一定是有共性前提的。首先它只能存在于较小的空间。世界上的任何宫殿都不可能是温馨的，但宫殿的某一房间却会是温馨的。最天才的设计大师也不能将其展览馆搞成一处温馨的所在；而最普通的女人，仅用旧报纸、窗花和一条床单儿副相框，就足以将一间草顶泥屋收拾得温馨慰人；在一辆“奔驰”车内放一排布娃娃给人的印象是怪怪的，而有次我看见一辆“奥拓”车内那样，却使我联想到了少女的房间。其次温馨一定是同暖色调相关的一种环境。一切冷色调都会彻底改变它，而一切艳颜丽色也将使温馨不再。那时它或者转化为浪漫，或者转化为它的反面，变成了浮媚和庸俗。温馨也当然地是与光线相关的一种环境。黑暗中没温馨。亮亮堂堂的地方也与温馨二字无缘。所以几乎可以断言，盲人难解温馨何境。而温馨所需要的那一种光，是半明半暗的，是亦遮亦显的，是总该有晕的。温馨并不直接呈现在光里，而呈现在光的晕里。故刻意追求温馨的人，就现代的人而言，对灯的形状、瓦数和灯罩，都是有极讲究的要求的。

这样看来，离不开空间大小，色彩种类，光线明暗的温馨，往往是务须加以营造的效果了。人在那样的环境里，男的还要流露多情，女的还要尽显妩媚，似乎才能圆满了温馨。若无真心那样，作秀既是难免的，也简直是必要的。否则呢，岂不枉对了那不大不小的空间，那沉醉眼球的色彩，那幽晕迷人的灯光，那使人神经为之松弛的气氛了吗？

是的是的，我承认以上种种都是温馨，承认人性对它的需要就像我们的肉体需要性和维生素一样。

但我觉得，定有另类的一种温馨，它不是设计与布置的结果，不是刻意营造出来的。它储存在寻常人们所过的寻常的日子里，偶一闪现，转瞬即逝，溶解在寻常日子的交替中。它也许是老父亲某一时刻的目光；它也许曾浮现于老母亲变形了的嘴角；它也许是我们内心的一丝欣慰；甚至，可能与人们所追求的温馨恰恰相反，体现为某种忧郁、感伤和惆怅。

它虽溶解在日子里了，却并没有消亡，而是在光阴和岁月中渐渐沉淀，等待我们不经意间又想起了它。

而当我们想起了它的时候，我们往往会对自己说——温馨吗？我知道那是什么！并且，顿感其他一概的温馨，似乎都显得没有多少意味了……

# 孩儿面

那天晚上，我在友人家做客。友人乃中年书法家，举办了国内、国外个人书法展后，名声鹊起，墨迹就很值钱起来。

正聊着，忽闻敲门声。友人妻子开了门，让进一位二十多岁的青年。看其衣着气质，不但是外地人，而且定是山里人无疑。

他在门外声称找“汪铭老先生”，归还一样东西。

汪铭老先生，友人之父，数年前已故去。生前也是一位名字极有分量的书法家。

友人问青年从何处来？

答曰从大兴安岭林区来。

问归还什么？

青年犹豫不语。

于是友人将青年引入另一房间，指墙上其父遗像说：“我是你要找的人的儿子。而且他只我这么一个儿子。”

青年沉吟半晌，默默从肩上取下布袋，放于桌上。又默默从袋中取出布包，一层、两层、三层，展开三层包裹，现出一块砚来……

此砚不寻常！

开扇般大小，一寸许厚，呈双龙护月形。中间圆如满月的砚面，石质坚韧，光润莹洁，纹理缜细。双龙雕刻，刀法隽秀有力，精湛浑朴。

好一块古色古香的文房之宝！

友人不禁“呀”了一声，急问：“此砚是怎么落在你手中的？”



青年说：“为了归还，十几年间我专程到北京四五次，寻找它的主人寻找得好苦！今天总算寻找到了，我也从此了却一桩心事……不过我现在好渴……”

友人立即吩咐其妻：“快沏茶来！”并将青年从椅上让座于沙发，恭而敬之，待为嘉宾。

青年饮了几口，讲出下面一段事：

二十二年前，大兴安岭某农场的一个伐木队里，增加了一个人。一个神色沉郁，五十多岁的劳改分子。

当天，伐木队长向自己手下的三十多伐木工人打招呼：“我看此人，衣物很少，书却挺多，准是个学问人。他一有空闲，就坐下看书，到了这般田地，仍不失学问人的习惯，可见身未触法，心内无愧。他不卑不亢，满脸正气，这年月，蒙受不白之冤的好人不少。咱们谁也不许为难他。别给自己，给下辈人做阴损缺德的事端！”

亏得有伐木队长暗中庇护，谁也不曾刁难过他。

那当年的伐木队长，便是寻上门来归还古砚的青年的父亲。

后来发生的一件事，证明伐木队长的判断不错。那人果然外儒内勇，显示出了令人钦佩的品格……

一头熊，闯入伐木人家属住的房子。炕上正睡着一个未满周岁的孩子。那孩子不是别人，正是归还古砚的青年。熊，就卧在孩子身旁，像狗一样，将嘴巴伏在两只掌上打盹……

伐木工们，他们的家属，围聚在房子外面都乱了手脚，不知如何是好。而当时伐木队长又不在，谁也不敢瞎作主张。怕一旦失策，

一头熊，闯入伐木人家属住的房子。炕上正睡着一个未满周岁的孩子。那孩子不是别人，正是归还古砚的青年。熊，就卧在孩子身旁，像狗一样，将嘴巴伏在两只掌上打盹……

毁了孩子性命，落个被终生怨恨的下场。

所幸孩子一直熟睡着。但那熊，也仿佛要厮守着孩子，一直打盹到明天似的……



几个小伙子，再也按捺不住性子，一人攥一把利斧，要闯入屋里……

他们被那接受改造的人拦住了。

有人取来一杆猎枪，从窗口偷偷伸进去……

也被那接受改造的人拦住了。

他说："如果一枪打不死它呢？我曾遇到过类似的情况。熊在这时候，一般不伤人。最稳妥的办法，是有人进屋里去，将孩子抱出来……为了以防万一，枪瞄着熊也是必要的。但不到万不得已，不可开枪……"

"进屋里去？"人家反问："谁？"

"我。"

他以他所主张的方式救出了那个孩子……

大森林里，即使在当时那个年代，也有着跟外界不尽相同的判断人的方式和标准。他在伐木工们的心目中成了带有传奇色彩的人物。伐木队长公然和他交上了朋友，毫无避讳地和他称兄道弟，还经常请他到家里去喝酒……

一天，他伐木时，碰上了"吊死鬼"。这是有经验的伐木工也要小心对付的情况——一棵已经伐断的树，被另一棵树半空"扯"住。这同开山炸石的人碰上了"哑炮"一样。

他碰上了两棵断树被同一棵树半空"扯"住的险情。伐木工人把这种险情叫做"二常联手"。意思是黑白无常串通一气，企图取人性命。

他判断对了第三棵树的倒势，开动了电锯。

森林里突然刮起了一股风。那风起得好疾，好猛。他刚听一声大喊：“闪开!”——抬头看时，两棵断树被刮得脱了依恃，凌空向他压顶砸下来。他还没来得及做出迅速的反应，就被人推出一丈多远，跌倒在雪窝里……

参天大树响着枝杈折断的呼啸之声轰然倒下……

树干之下，压着的是伐木队长……

半月后，他离开了大森林。谁也不晓得他将被弄到哪里去，他的命运如何，等待他的是凶是吉。

他自己也难预测。

他没有忘记向伐木队长的妻子告别。

他对她说：“你们母子以后的生活肯定会很难。我处于这般田地，又身无分文，无法报答你丈夫对我的救命之恩，也无力周济你们母子。只有这块古砚，是传家之宝，值钱的文物。你们母子就把它收下吧。有机会变卖掉，可维持三年五载的衣食。”

他双手捧砚，挚诚相赠。

伐木队长的妻子虽然感激涕零，却坚拒不受。

最后，他叹息一声，说：“就算我将它寄托你们吧。若是哪一天，我的处境略有转变，就让孩子带这块砚去找我。我会把他当成自己的亲生儿子一样！……”

友人及其妻听至这里，不禁四目涕视，我看得出，他们内心里都活动着些微妙的想法。

友人嗫嚅地说：“可是，可是我父亲……我刚才告诉过你的，他已经去世了……”

大兴安岭林区来的青年说：“我母亲也去世了。我母亲去世前，再三叮嘱我——将来一定要寻找到这块砚的主人。既然当年讲好是寄托于我们的，我们就一定要守信用，一定要想办法使它物归原主。所以，我千里迢迢又一次来到北京，不是希望能在北京寻找到一位有理由依靠的监护人，只是为了归还这块砚。除此没有别的目的。”

友人夫妇，顿时肃然。

青年又说：“允许我再看一眼老先生么？”

友人愧曰：“当然当然。”

于是第二次将青年引至其父遗像前。

青年对遗像三鞠躬后，拱手作别。

友人问：“你可知此砚现在值多少钱？”

青年回答：“三年前曾有人出两万元高价求买。虽家境贫寒，但毕竟是信托之物，不敢换钱。”

友人感慨地说：“这是一块安徽歙县出品的古砚。从民间传至过宫廷，又从宫廷流失于民间。归于我家祖上，至今已相传七八代之久。抚之如柔肤，叩之似金声。素享‘孩儿面’之美誉。苏东坡曾赞‘孩儿面’——‘涩不留笔，滑不拒墨。’可不是区区两万元就能买卖之物啊！”

遂向其妻暗使眼色。其妻领悟，转身入另室。片刻而出，执一信封，赠向青年，言内有五千元，聊谢归还诚意……

青年亦如其母当年，坚拒不受。

友人妻无奈。

友人说：“请稍候。我为你写一条幅，可愿收下？”

青年微笑，说这是很高兴收下的。

于是友人铺展纸幅，使用那“孩儿面”细细研墨。研罢，悬笔在手，似一时不知该写什么，侧目求援视我……

我沉吟有顷，想出四句话：

世人皆图币，
君予古心来，
孩儿面依旧，
朴拙放异彩！

友人随声落笔，果然龙飞蛇舞，硬撇柔捺，苍折虬钩，墨迹不凡，一流书法！

我望着那青年，心中暗思——好一段古砚情！好一块“孩儿面”！好一位品性古朴未染的青年！……

让心灵被铜锈所蚀的我辈大惭啊！

# 我|与|文|学

# 我与文学

我对文学的理解以及我的写作，当然和许多人一样，曾受古今中外不少作品和作家的影响。影响确乎发生在我少年、青年和中年各个阶段。或持久，或短暂。却没有古今中外任何一位作家的文学理念和他们的作品一直影响着我。而我自己的文学观也在不断变化……

下面，我按自己的年龄阶段梳理那一种影响：

童年时期主要是母亲以讲故事的方式，向我灌输了某些戏剧化的大众文学内容，如《钓金龟》《铡美案》《乌盆记》《窦娥冤》《柳毅传书》《赵氏孤儿》《一捧雪》等。

那些故事的主题，无非体现着民间的善恶观点和“孝”、“义”之诠释而已。母亲当年讲那些故事，目的决然不是为了培养我们的文学爱好。她只不过是怕我们将来不孝，使她伤心；并怕我们将来被民间舆论斥为不义小人，使她蒙耻。民间舆论的方式亦即现今所谓之口碑。东北人家，十之八九为外省流民落户扎根。哪里有流民生态，哪里便有“义”的崇尚。流民靠“义”字相互凝聚，也靠“义”字提升自己的品格地位。倘某某男人一旦被民间舆论斥为不义小人，那么他在品格上几乎就万劫不复了。我童年时期，深感民间舆论对人的品格，尤其是对男人们的品格所进行的审判，是那么的权威，其公正性又似乎那么的不容置疑。故我小时候对“义”也是特别崇尚的。但流民文化所崇尚的“义”，其实只不过是“义气”。是水泊梁山和瓦岗寨兄弟帮那一种“义”。与正义往往有着质的区别，更非仁义，然而母亲所讲的那些故事，毕竟述自于传统戏剧，内容都是经过一代代戏剧家锤炼的、所传达的精神影响，也就多多少少地高于民间原则，比较地具有文学美学的意义了。对于我，等于是母乳以外的另一种营养。

这就是为什么我早期小说中的男人，尤其那些男知青人物，大抵都是孝子，又大抵都特别义气的原因。我承认，在以上两点，我有按照我的标准美化我笔下人物的创作倾向。

在日常生活中，“义”字常使我临尴尬事，成尴尬人。比如我一中学同学，是哈市几乎家喻户晓的房地产老板。因涉嫌走私，忽一日遭通缉。夜里一点多，用手机在童影厂门外往我家里打电话。白天我已受到种种忠告，电话一响，便知是他打来的。虽无利益关系，真有同学之谊。不见，则不“义”；即往见之，则日后必有牵连。犹豫片刻。决定还是见。于是成了他逃亡国外前见到的最后一人。还要替他保存一些将来翻案的材料，还承诺三日内绝不举报。于是数次受公安司法部门郑重而严肃地面讯，说是审问也差不多。录口供，按手印，记录归档。

这是五六年前的事。

我至今困惑迷惘，不知一个头脑比我清醒的人，遇此事该取怎样的态度才是正确的态度？倘中学时代的亲密同学于落难之境急求一见而不见，结果虚惊一场，日后案情推翻（这种情况是常有的），我将有何面目复见斯人，复见斯人老母，复见斯人之兄弟姐妹？那中学时代深厚友情的质量，不是一下子就显出了它的脆薄性么？这难道不是日后注定会使我们双方沮丧之事么？

但，如果执行缉捕公务的对方们不由分说，先关押我三个月五个月，甚或一年半载，甚至更长时间（我是为一个“义”字充分做好了这种心理准备的），我自身又会落入何境？

有了诸如此类的经历后，我对文学、戏剧、电影有了新的认识。那就是：凡在虚构中张扬的，便是在现实中缺失的。起码是使现实人尴尬的。此点古今中外皆然。因在现实中缺失而在虚构中张扬的，只不过是借文学、戏剧、电影等方式安慰人心的写法。这一功能是传统的功能，也是一般的功能。严格地讲，是非现实主义的。归为理想主义的写法或更正确，而且是那种照顾大众接受意向的浅显境界的理想主义写法。揭示那种种使现实人面临尴尬的社会制度的，文化背景的以及人性困惑的真相的写法，才更是现实主义的写法。回顾我早期的写作，虽自诩一直奉行现实主义，其实是在理想主义和现实主义之间左顾右盼，每顾此失彼。像徘徊于两岸两片草地之间的那一头寓言中的驴。就中国文学史上呈现的状态而言，我认为，近代的现实主义文学，其暧昧性大于古代；现代大于近代；当代大于现代。原因不唯在当代主流文学理念的禁束，也由于我及我以上几代写作者根本就是在相当不真实的文化背景的影响之下成长起来的。它最良好开明时的状态也不过就是暧昧。故我们先开的写作基因是潜伏着暧昧的成分。即使我们产生了叛逆主流文学理念禁束的冲动，我们也难以有改变我们先天基因的能力。

自幼所接受的关于“义”的原则，在现实之中又逢困惑和尴尬。对于写作者，这是多么不良的滋扰。倘写作者对此类事是不敏感的，置于脑后便是了。偏偏我又是对此类事极为敏感的写作者。这一种有话要说不吐不快的冲动，每变成难以抗拒的写作的冲动。而后一种冲动下快速产生的，自然不可能是什么文学，只不过是文学方式的社会发言而已……

我非是那类小时候便立志要当作家才成为作家的人。在我仅仅是一个爱听故事的孩子的年龄，我对作家这一种职业的理解是那么的单纯——用笔讲故事，并通过故事吸引别人感动别人的人。如果说这一种理解水平很低，那么我后来自认为对作家这一种职业的似乎“成熟”多了的理解，实际上比我小时候的理解距离文学还要远些。因为讲故事的能力毕竟还可以说是作家在新闻评论充分自由的国家和时代，可能使人成为好记者。反之，对于以文学写作为职业的人，也许是一种精力的浪费吧？如果我在二十余年的写作时间里，在千余万字的写作实践中，一直游弋于文学的海域，而不每每地被文字方式的社会发言的冲动所左右，我的文学意义上的收获，是否会比现在更值得自慰呢？

然而我并不特别地责怪自己。因为我明白，我所以曾那样，即使大错特错了，也不完全是我的错。从事某些职业的人，在时代因素的影响下，往往会变得不太像从事那些职业的人。比如“文革”时期的教师都有几分不太像教师；“文革”时期的学生更特别地不像学生。于今的我回顾自己走过的文学路，经常替自己感到遗憾和惋惜，甚至感到忧伤……

比较起来我还是更喜欢那个爱听故事的孩子年龄的我。作家对文学的理解也许确乎越单纯越好。单纯的理解才更能引导我走上纯粹的路。而对于艺术范畴的一切职业，纯粹的路上才出纯粹的成果。

少年时期从小学四五年级起，我开始接触文学。不，那只能说是接近。此处所言之文学，也只不过是文学的胚胎。家居的街区内，有三四处小人书铺。我在那些小人书铺里度过了许多惬意的，无论什么时候回忆起来都觉得幸福的时光。今人大概一般认为，所谓文学的摇篮，起码是高校的中文系，或文学系。但对我而言，当年那些小人书铺即是。小人书文字简洁明快，且可欣赏到有水平的甚至堪称一流的绘画。由于字数限制所难以传达的细致的文学成分，在小人书的情节性连贯的绘画中，大抵会得以形象的表现。而这一点又往往胜过文学的描写。对于儿童和少年，小人书的美学营养是双重的。

小人书是我能咀嚼文学之前的“代乳品”。

但凡是一家小人书铺，至少有五六百本小人书。对于少年，那也几乎可以说是古今中外包罗万象了。有些取材于当年翻译过来的外国当代作品，那样的一些小人书以后的少年是根本看不到了。

比如《中锋在黎明前死去》——这是一本取材于美国当年的荒诞现实主义电影的小人书，讽刺资本对人性的霸道的侵略。讲一名足球中锋，被一位资本家连同终生人身自由一次性买断。而“中锋”贱卖自己是为了给儿子治病。资本家还以同样的方式买断了一名美丽的芭蕾舞女演员，一头人猿，一位生物学科学家以及另外一些他认为“特别”的具有“可持续性”商业价值的人。他企图通过生物学科学家的实验和研究，迫使所有那些被他买断了终生人身自由的“特别”人相互杂交，再杂交后代，“培植”出成批的他所希望看到的“另类”人，并推向世界市场。“中锋”却与美丽的芭蕾舞女演员深深相爱了，而芭蕾舞女演员按照某项她当时不十分明白的合同条款，被资本家分配给人猿做“妻子”……

结局自然是悲惨的。美丽的芭蕾舞女演员被人猿撕碎；“中锋”掐死了资本家；生物学科学家疯了……

而“中锋”被判死刑。在黎明前，在一场世界锦标赛的海报业已贴得到处可见之后，“中锋”被推上了绞架……

这一部典型的美国好莱坞讽刺批判电影，是根据一部阿根廷二十世纪五十年代的剧本改编的，其内容不但涉及资本膨胀的势力与在全世界都极为关注的“克隆”实验，在其内容中也有超前的想象。

倘滤去其内容中的社会立场所决定了的成分，仅从文学的一般规律性而言，我认为作者的虚构能力是出色的。

那一本小人书给我留下极深的印象。

比如《前面是急转弯》——这是一部前苏联当时年代的社会现实题材小说。问世后很快就拍成了电影，并在当年的中国放映过。但我没有机会看到它。我看到的是根据电影改编的小人书。

它讲述了这样一件事：踌躇满志事业有成的男人，连夜从外地驾车赶回莫斯科，渴望着与他漂亮的未婚妻度过甜蜜幸福的周末时光。途中他的车灯照见了一个卧在公路上的人。他下车看时，见那人全身浸在一片血泊中。那人被另一辆车撞了。撞那人的司机畏罪驾车逃遁了。那人还活着，还有救。哀求主人公将自己送到医院去。在公路的那一地点，已能望见莫斯科市区的灯光了。将不幸的人及时送到医院，只不过需要二十几分钟。主人公看着血泊中不幸的人却犹豫了。他暗想如果对方死在他的车上呢？那么他将受到司法机关的审问，那么他将不能与未婚妻共同度过甜蜜幸福的周末了。难道自己连夜从外地赶回莫斯科，只不过是为了救眼前这个血泊中的人吗？他的车座椅套是才换的呀！花了他不少的一笔钱呢！何况，没有第三者作证，如果他自己被怀疑是肇事司机呢？那么他的事业，他的地位，他的婚姻，他整个的人生……

在不幸的卧于血泊中的人苦苦的哀求之下，他一步步后退，跳上自己的车，绕开血泊加速开走了。

他确实与未婚妻度过了一个甜蜜幸福的周末。

他当然对谁都只字不提他在公路上遇到的事，包括他深深地爱着的未婚妻。

然而他的车毕竟在公路上留下了轮印，他还是被传讯并被收押了。

在审讯中，他力辩自己的清白无辜。为了证明他并没说谎，他如实“交代”了自己的真实想法……

当然，肇事司机最终还是被调查到了。

无罪的他获释了。

但他漂亮的未婚妻已不能再爱他。因为那姑娘根本无法接受这样一个事实——她不但爱而且尊敬的这个男人，竟会见死不救。非但见死不救，还在二十几分钟后与她饮着香槟谈笑风生、诙谐幽默，并紧接着和她做爱……

他的同事们也没法像以前那么对他友好了……

他无罪，但依然失去了许多……

这一部电影据说在当年的苏联获得好评。在当年的中国，影院放映率却一点儿也不高。因为在当年的中国，救死扶伤的公德教育深入人心，可以说是蔚然成风。这一部当年的苏联电影所反映的事件，似乎是当年的中国人很难理解的。正如许多中国人当年很难理解安娜·卡列尼娜为什么非离婚不可……

我承认，我还是挺欣赏前苏联某些文学作品和电影中的道德影响力的。

此刻，我伏案写到此处，头脑中一个大困惑忽然产生了——救死扶伤的公德教育（确切地说应该是人性和人道教育）在当年的中国确曾深入人心，确曾蔚然成风——但“文革”中灭绝人性和人道的残酷事件，不也是千般百种举不胜举么？为什么一个民族会从前一种事实一下子就转移到后一种事实了呢？

是前一种事实不真实吗？

我是从那个时代成长过来的。我感觉那个时代在那一点上是真实的啊。

是后一种事实被夸张了吗？

我也是从后一个时代经历过来的。我感觉后一个时代确乎是可怕的时代啊。

我想，此转折中，我指的非是政治的而是人性的——肯定包含着某些规律性的至为深刻的原因。它究竟是什么，我以后要思考思考……



倘一名少年或少女手捧一本内容具有文学价值的小人书看着，无论他或她是在哪里看着，其情形都会立刻勾起我对自己少年时代看小人书度过的那些美好时光的回忆，并且，使我心中生出一片温馨的感动……

我至今保留着三十几本早年出版的小人书。

中学时代某些小人书里的故事深印在我头脑中，使我渴望看到那些故事在“大书”里是怎样的。我不择手段地满足自己对文学作品的阅读癖，也几乎是不择手段地积累自己的财富——书。

与我家一墙之隔的邻居姓卢。卢叔是个体收破烂的，经常收回旧书。我的财富往往来自他收破烂的手推车。我从中发现了《白蛇传》和《梁祝》的戏剧唱本，而且是解放前的，有点儿“黄色”内容的那一种。一部破烂不堪的《聊斋志异》也曾使我欣喜若狂如获至宝。

《白蛇传》是我特别喜欢的文学故事。古今中外，美丽的，婉约的，缠绵于爱，为爱敢恨敢舍生忘死拔剑以拼的巨蛇只有一条，那就是白娘子白素贞。她为爱所受之苦难，使是中学生的我那么那么地心疼她。我不怎么喜欢许仙。我觉得爱有时是值得超乎理性的。白娘子对许仙的爱便值得他超乎理性地守住。既可超乎理性，又怎忍歧视她为异类？当年我常想，我长大了，倘有一女子那般爱我，则不管她是蛇，是狮虎，是狼甚至是鬼怪，我都定当以同样程度同样质量的爱回报她。哪怕她哪一天恶性大发吃了我，我也并不后悔。

正如今天流行歌曲唱的"何必天长地久，只求此际拥有"。

但是《白蛇传》又从另一方面影响了我的情爱观，那就是——我从少年时期起便本能地惧怕轰轰烈烈的、不顾生不顾死的那一种爱。我觉得我的生命肯定不能承受爱得如此之重。向往之，亦畏之。少年的我，对家庭已有了责任意识，而且是必须担当的责任意识。故常胡思乱想——设若将来果真被一个女子以白蛇那一种不顾生不顾死的方式爱着了，我可究竟该怎么办才好呢？我是明明不可以相陪着不顾生不顾死地爱的啊！倘我为爱陪死了，谁来孝敬母亲呢？谁来照顾患精神病的哥哥呢？进而又想，我若是一孤儿，或干脆像孙悟空似的，是从石头里"生"出来的，那多好，那不是就可以无牵无挂地爱了吗？这么想，又立刻意识到对父母对家庭很罪过，于是内疚，自责……

《梁祝》的浪漫也是我极为欣赏的。

我认为这一则文学故事的风格是完美的。以浪漫主义的"欢乐颂"式的喜悦情节开篇；以现实主义的正剧转悲剧的启承跌宕推进人物命运；又以更高境界的浪漫主义情调扫荡悲剧的压抑，达到想象力的至臻至美。它绮丽幽雅，飘逸隽永，"秾纤得衷，修短合度"。

我认为就一则爱情故事而言，其浪漫主义与现实主义相结合的出神入化，古今中外，无其上者。

据说，在某些大学中文系的课堂，《白蛇传》和《梁祝》的地位只不过列在"民间故事"的等级。而在我的欣赏视野内，它们是经典的，绝对一流的，正宗的雅文学作品。

梁斌的《红旗谱》以及下部《播火记》给我的阅读印象也很深。

《红旗谱》中有一贫苦农民是严志和，严志和有二子，长子运涛，次子江涛。江涛虽农家子，却仪表斯文，且考上了保定师专。

师专有一位严教授，严教授有一独生女严萍，秀丽，聪慧，善良，具叛逆性格，她与江涛相爱。

中学时期的我，常想象自己是江涛，梦想班里似乎像严萍的女生注意我的存在，并喜欢我。

这一种从未告人的想象延续不灭，至青年，至中年，至于今。往往忘了年龄，觉得自己又是学生，相陪着一名叫严萍的女生逛集市。而那集市的时代背景，当然是《红旗谱》的年代。似乎只有在那样的年代，一串糖葫芦俩人你咬下一颗我咬下一颗地吃，才更能体会少年之恋的甜。在我这儿，一枝红玫瑰的感觉太正儿八经了；倘相陪着逛大商场，买了金项链什么的再去吃肥牛火锅，非我所愿，也不会觉得内心里多么的美气……

当然我还读了高尔基的“三部曲”；读了《牛虻》《钢铁是怎样炼成的》《红岩》《斯巴达克》等。

蒲松龄笔下那些美且善的花精狐媚，仙姬鬼女，皆我所爱。松龄先生的文采，是我百读不厌的。于今，偶游刹寺庙庵，每作如是遐想——倘年代复古，愿寄宿院中，深夜秉烛静读，一边留心侧耳，若闻有女子低吟“玄夜凄风却倒吹，流萤惹草复沾帏”，必答“幽情苦绪何人见，翠袖单寒月上时”，并敞门礼纳……

另有几篇小说不但对我的文学观，而且对我的心灵成长，对我的道德观和人生观也产生了影响，如陀斯妥耶夫斯基的《白夜》。

这是一个短篇。内容是一个美丽的少女与外祖母相依为命。外祖母视其为珠宝，唯恐被“盗”。于是做了一件连体双人衫。自己踏缝纫机时，与少女共同穿上，这样少女就离不开她了，只有端端地坐在她旁边看书。但要爱的心是管不住的。少女爱上了家中房客，一位一无所有的青年求学者，每夜与他幽会。后来他去圣彼得堡应考，泥牛入海，杳无音讯。少女感到被弃了，常以泪洗面。在记忆中，此小说是以“我”讲述的。“我”租住在少女家阁楼上。“我”渐渐爱上了少女。少女的心在被弃的情况下是多么的需要抚慰啊！就在“我”似乎以同情赢得少女的心，就在“我”双手捧住少女的脸颊欲吻她时，少女猛地推开了“我”跑向前去——她爱的青年正在那时回来了……于是他们久久地拥抱在一起，久久地吻着……而“我”又失落又感动，心境亦苦亦甜，眼中不禁盈泪，缓缓转身离去。那一个夜晚月光如水。那是“我”记忆中最明亮的夜……

陀氏以第一人称写的小说极少。甚至，也许仅此一篇吧？此篇一反他一向作品的阴郁冷漠的风格，温馨圣洁。

它告诉中学时期的我：爱不总是自私的，爱的失落也不必总是“心口永远的疼”……

马卡连柯的《教育诗》。内容是职任苏维埃共和国初期的孤儿院院长马卡连柯，在孤儿院粮食短缺的情况下，将一笔巨款和一支枪、一匹马交给了孤儿中一个“劣迹”分明的青年，并言明自己交托的巨大信任对孤儿院的全体孩子们意味着什么。那青年几乎什么也没表示便接钱、接枪上马走了。半个月过去，人们都开始谴责马卡连柯。但某天深夜，那青年终于疲惫不堪地引领着押粮队回来了，他路上还遇到了土匪，生命险些不保。

他问马卡连柯：“院长，您是为了考验我吗？”

马卡连柯诚实地回答：“是的。”

“如果我利用了您的考验呢？”

“当时的情况不允许我这样想。你知道的，只有你一个人能完成任务。”

“那么，您胜利了。”

“不，孩子，是你自己胜利了。”

高尔基看了《教育诗》大为感动。邀见了马卡连柯院长，促膝长谈。

它使中学时期的我相信：给似乎不值得信任的人一次值得信任的机会，未尝不是必要的。人心渴望被信任，正如植物不能长期缺水。



但是后来我的种种经历亦从反面教育我——那确乎等于是在冒险。

托尔斯泰的《复活》。这部小说使中学时期的我害怕：倘一个人导致了另一个人的悲剧，而自己不论以怎样的方式忏悔都不能获得原谅，那么他将拿自己怎么办？

法朗士的《衬衫》。内容是国王生病，病症是备感自己的不幸福。于是名医开方——找到一件幸福的人穿过的衬衫让国王穿，幸福的微粒就会被国王的皮肤吸收。于是到处寻找幸福的人。举国上下找了个遍，竟无人幸福。那些因权力、地位、财富、名望、容貌而被别人羡慕的人，其实都有种种的不幸福。最令人苦笑不禁的是：有人因自己的妻子是国王的情妇而不幸福；有人也因自己的妻子不是国王的情妇而不幸福。最后找到了一个在田间小憩的农夫，赤裸上身快乐吹笛。问其幸福否？答正幸福着。于是许以城池，仅求一衫。农夫叹曰：我穷得连一件衬衫都没有……

它使中学时期的我对大人们的人生极为困惑：难道幸福仅仅是一个词罢了？

后来我的人生经历渐渐教育我明白：幸福只不过是人一事一时，或一个时期的体会。一生幸福的人，大约真的是没有的……

“文革”中我获得了一个绝好的机会——半个月内，昼夜看管学校图书室。那是我以“红卫兵”的名义强烈要求到的责任。有的夜晚我枕书睡在图书室。虽然只不过是一所中学的图书室，却也有两千多册图书。于是我如饥似渴地读雨果、霍桑、司汤达、狄更斯、哈代、卢梭、梅里美、莫泊桑、大仲马、小仲马、罗曼·罗兰等作家的著作。

于是我的文学视野，由苏俄文学，而拓宽向十八世纪十九世纪西方大师们的作品……

拜伦的激情、雪莱的抒情、雨果的浪漫与恣肆磅礴、托尔斯泰的从容大气、哈代的忧郁、罗曼·罗兰的蕴藉深远、契诃夫的敏感以及巴尔扎克的笔触广泛，至今使我钦佩。

莎士比亚没怎么影响过我。

《红楼梦》我也不是太爱看。

却对安徒生和格林兄弟的童话至今情有独钟。

西方名著中有一种营养对我是重要的，那就是善待和关怀人性的传统以及弘扬人道精神。

今天的某些评者讽我写作中的“道义担当”之可笑。

而我想说，其实最高的道德非它，乃人道。

我从中学时代渐悟此点。

我感激使我明白这一道理的那些书。

因而，在“文革”中，我才是一个善良的红卫兵。

因而，大约在一九八四年，我有幸参加过一次《政府工作报告草案》的党外讨论，力陈有必要写入“对青少年一代加强人性和人道教育”。

后来，“报告”中写入了。但修饰为“社会主义的人性和革命的人道主义教育”。

我甚至在一九七九年就写了一篇辩文是《浅谈“共同人性”和“超阶级的人性”》。

以上，大致勾勒出了我这样一个作家的文学观形成的背景。

我是在中外“古典”文学的影响之下决定写作人生的，这与受现代派文学影响的作家们是颇为不同的。

我不想太现代。

但也不会一味崇尚“古典”。



因为中外“古典”文学中的许多人和事，今天又重新在中国上演为现实。

现实有时也大批“复制”文学人物及情节和事件。

真正的现代的意义，在中国，依我想来，似应从这一种现实对文学的“复制”中窥见深刻。

但这非是我有能力做到的。

在中国古典白话长篇小说中，我喜欢的名著依次如下：《三国演义》《西游记》《封神演义》《水浒传》《隋唐演义》《红楼梦》《老残游记》《聊斋志异》……

我喜欢《三国演义》的气势磅礴、场面恢弘、塑造人物独具匠心的情节和细节。

中外评家在评到托尔斯泰的《安娜·卡列尼娜》时，总不忘对它的开卷之语溢美有加。正如我们都知道的，那句话是：“幸福的家庭是相似的，不幸的家庭各有各的不幸。”

据说，托翁写废了许多页稿纸，苦闷多日才确定了此开卷之语。

于是都知道此语是多么多么的好，此事亦成美谈。

然我以为，若与《三国演义》的开卷之语相比，则似乎顿时失色。

“话说天下大事，分久必合，合久必分。”

我常觉得这是几乎只有创世纪的上帝才能说出来的话。当然，两部小说的内容根本不同，是不可以强拉硬扯地胡乱相比的。我明知而非却相比，实在是由于钦佩。

我一直认为这是一部关于一个国家的一次形成的伟大小说。它所包含的政治的、军事的、“外”交的以及择才用人的思想，直至现今依然是熠熠闪光的。在惊天地泣鬼神的大战役的背景之下刻画人物，后来无其上者。

《三国演义》是绝对当得起“高大”二字的小说。

我喜欢《西游记》的想象力。

我觉得那是一个人的想象天才伴随着愉快所达到的空前绝后的程度。娱乐全球的美国电影《蝙蝠侠》啦、《超人》啦、《星球大战》啦，一比就都被比得小儿科了。

《西游记》乃天才的写家为我们后人留下的第一“好玩儿”的小说。

《封神演义》的想象力不逊于《西游记》。它常使我联想到荷马的《伊利亚特》和《奥德修斯》“雷震子”和“土行孙”二人物形象，证明着人类想象力所能达到的妙境。在全部西方诸神中，模样天真又顽皮的爱神丘比特，也证明着人类想象力所能达到的妙境。东西方人类的想象力在这一点上相映成趣。

《封神演义》乃小说写家将极富娱乐性的小说写得极庄严的一个范本。《西游记》的“气质”是喜剧的；《封神演义》的“精神”却是特别正剧的，而且处处呈现着悲剧的色彩。

我喜欢《水浒传》刻画人物方面的细节。几乎每一个主要人物的出场都是精彩的，而且在文学的意义上是经典的。少年时我对书中的“义”心领神会。青年以后则开始渐渐形成批判的态度了。梁山泊好汉中有我非常反感的二人：一是宋江；一是李逵。我并不从“造反”的不彻底性上反感宋江，因为那一点也可解释成人物心理的矛盾。我是从小说写家塑造人物的“薄弱”方面反感他的。我从书中实在看不出他有什么当“第一把手”的特别的资格。而李逵，我认为在塑造人物方面是更加的失败了。觉得只不过是一个符号。他一出场，情节就闹腾，破坏我的阅读情绪。李逵这一人物简单得几乎概念化，关于他唯一好的情节、依我看来、便是下山接母。《水浒传》中最煞有介事也最有损“好汉”本色的情节，是石秀助杨雄成功地捉了后者妻子的奸那一回。那一回一箭双雕地使两个酷武男人变得像弄里流氓。杨雄的杀妻与武松的弑嫂是绝不能相提并论的。武松的对头西门庆是与官府过从甚密的势力人物；武松的弑嫂起码还符合着一命抵一命的常理。杨雄杀妻时，从旁幸灾乐祸着的石秀的样子，其实是相当猥琐的。他后来深入虎穴暗探祝家庄的“英雄行为”，也洗刷不尽他的污点……

《隋唐演义》自然不如《水浒传》那么著名，但比之《水浒传》，它似乎将“义”的品质提升了层次。瓦岗兄弟的成分，似乎也不像梁山好汉那么芜杂。而且，前者们所反的，直接便是朝廷。他们的目标是明确的而不是暧昧的。他们是比宋江们更众志成城的。所以他们成功了。秦琼这个人物身上所体现的“义”，具有“仁义”的意义，是所有的梁山好汉们身上全都不曾体现出来的……

我不是多么喜欢《红楼梦》这一部小说。

它脂粉气实在是太浓了，不合我阅读欣赏的“兴致”。

我想，男人写这样的一部书，不仅需要对女人体察入微的理解，自身恐怕也得先天地有几分女人气。

曹雪芹正是一位特别女人气的天才。

但我依然五体投地佩服他写平凡，写家长里短的非凡功力。

我常思忖，这一种功力，也许是比写惊天动地的大事件更高级的功力。

西方小说中，曾有“生活流”的活跃。主张原原本本地描写生活，就像用摄像机记录人们的日常生活那样。我是很看过几部“生活流”的样板电影的。那样的电影最大限度地淡化了情节，也根本不铺排所谓矛盾冲突。人物在那样的电影里“自然”得怪怪的，就像外星人来到地球上将人类视为动物而拍的“动物世界”。那样的电影的高明处，是对细节的别具慧眼的发现和别具匠心的表现。没了这一点，那样的电影就几乎没有任何欣赏的价值了。

我当然不认为《红楼梦》是什么“生活流”小说。事实上《红楼梦》对情节和人物命运的设计之讲究，几乎到了考究的程度。但同时，《红楼梦》中充满了对日常生活细节以及人物日常情绪变化的细致描写。那么细致需要特殊的自信。其自信非一般写家所能具有。

《红楼梦》是用文学的一枚枚细节的“羽毛”成功地“裱糊”了的一只天鹅标本。

它的写作过程显然可评为“慢工出细活儿”的范例。

我由衷地崇敬曹雪芹在孤独贫病的漫长日子里的写作精神。

那该耐得住怎样的寂寞啊。

曹雪芹是无比自信地描写细节的大师。

《红楼梦》给我的启示是：细细地写生活，这一对小说的曾经的要求，也许现今仍不过时……

我喜欢《老残游记》，乃因它的文字比《二十年目睹之怪现状》《儒林外史》《官场现形记》都好些，结构也完整些。还因它对自然景色的优美感伤的描写。

《聊斋志异》不应算白话小说，而是后文言小说。我喜欢的是它的某些短篇。至于集中的不少奇闻轶事，现今的小报上也时有登载，没什么意思的。

我至今仍喜欢的外国小说是：《约翰·克里斯朵夫》《悲惨世界》《九三年》《大卫·科波菲尔》《安娜·卡列尼娜》《红与黑》《红字》《德伯家的苔丝》《简·爱》，巴尔扎克和梅里美的某些中短篇代表作……

我不太喜欢《雾都孤儿》《呼啸山庄》那一类背景潮湿阴暗，仿佛各个角落都潜伏着计谋与罪恶，而人物心理或多或少有些变态的小说……



《堂·吉诃德》我也挺喜欢。

有三位外国作家的作品是我一直不大喜欢得起来的：陀斯妥耶夫斯基、左拉、劳伦斯。

一个事实是那么令我困惑不解：资料显示，陀氏活着的时候，许多与他同时代的俄国人，甚至可以说大多数与他同时代的俄国人谈论起他和他的作品，总是态度暧昧地大摇其头。包括许多知识分子和他的作家同行们。他们的暧昧中当然有相当轻蔑的成分。一些人的轻蔑怀有几分同情；另一些人的轻蔑则彻底地表现为难容的恶意。陀氏几乎与他同时代的任何一位作家都没有什么密切的往来，更没有什么友好的交往。他远远地躲开着所谓文学的沙龙。那些场合也根本不欢迎他。他离群索居，在俄国文坛的边缘，默默地从事他那苦役般的写作。他曾被流放西伯利亚，患有癫痫病，最穷的日子里买不起蜡烛。他经常接待某些具有激进的革命情绪的男女青年。他们向他请教拯救俄国的有效途径，同时向他鼓吹他们的“革命思想”。而他正是因为头脑之中曾有与他们相一致的思想才被流放西伯利亚的，并且险些在流放前被枪毙。于是他以过来人的经验劝青年们忍受，热忱地向他们宣传他那种“内部革命”的思想。他那种思想有点儿接近“文革”时期毛泽东倡导的“斗私批修”、“灵魂深处爆发革命”。他相信并且强调，“一个”真的正直的人的榜样的力量是无穷的。他更加热忱地预言，只要这样的“一个”人确乎出现了，千万民众就会首先自己洗心革面地追随其后，于是一个风气洁净美好的新社会就自然而然地形成了。那“一个”人究竟应该尽怎样的呢，便是他《白痴》中的梅什金公爵了。一个从精神病院出来的，和他自己一样患有癫痫病的没落贵族后裔。他按照自己的标准，将他用小说为人类树立的榜样塑造成一个单纯如弱智儿、集真善美品质于一身的理想人物。而对于大多数精神被社会严重污染与异化的人们，灵魂要达到那么高的高度显然不但是困难的，而且是痛苦的。他在《罪与罚》中成功地揭示了这一种痛苦，并试图指出灵魂自新的方式。他自信地指出了，那方式便是他“灵魂深处爆发革命”的主张。当然，他的“革命”说，非是针对社会的行为，而是每一个人改造自己灵魂的自觉意识……

综上所述，像他这样一位作家，在活着的时候，既受到思想激进者们的嘲讽，又引起思想保守者们的愤怒是肯定的。因为他的梅什金公爵，分明不是后者们所愿承认的什么榜样。他们认为他是在通过梅什金公爵这一文学形象影射他们的愚不可及。而他欣赏他的梅什金公爵又是那么的由衷，那么的真诚，那么的实心实意。

陀氏在他所处的时代是尴尬的，遭受的误解是最多的。他的众多作品带给他的与其说是荣耀和敬意，还莫如说是声誉方面的伤痕。

但也有资料显示，在他死后，“俄国的有识之士全都发来了唁电”。

那些有识之士们是哪些人？资料没有详列。

是因为他死了，“有识之士”们忽然明白，将那么多的误解和嘲讽加在他身上是不仁的，所以全都表示哀悼；还有后来研究他的人，认为与他同时代的“有识之士”们对他的态度是可耻的，企图掩盖历史的真相呢！

我的困惑正在此点。

我是由于少年时感动于他的《白夜》才对他发生兴趣的。到“上山下乡”前，我已读了大部分他的小说的中文译本。以后，便特别留意关于他的评述了。

我知道托尔斯泰说过嫌恶陀氏的话。而陀氏年长他七岁，成名早于他十几年，是他的上一代作家。

高尔基甚至这么评价他："陀斯妥耶夫斯基无可争辩，毫无疑问的是天才。但这是我们的一个凶恶的天才。"

车尔尼雪夫斯基更是曾几乎与他势不两立。

苏维埃成立以后，似乎列宁和斯大林都以批判性的话语谈论过他。

于是陀氏在苏联文学史上的地位一再低落。

而相应的现象是，西方世界的文学评论，将他推崇为俄国第一伟大的作家，地位远在屠格涅夫、托尔斯泰之上。这有西方新兴文学流派推波助澜的作用，也有意识形态冷战的因素。

我不太喜欢他，仅仅是不太喜欢他而已，并不反感他。我的不太喜欢，也完全是独立的欣赏感受，不受任何方面的评价的影响，我觉得陀氏的小说中，不少人物身上都有神经质的倾向。在现实生活中我非常难以忍受神经质的人在我眼前晃来晃去，读同样文学状态的小说我亦会产生心烦意乱的生理反应。我一直承认并相信文学对于人的所谓灵魂有某种影响力，但是企图探讨并诠释灵魂问题的小说却是使我望而生畏的。陀氏的小说中有太浓的宗教意味儿，而且远不如宗教理念那么明朗健康。最后一点，在对一切艺术的接受习惯上，"病态美学"是我至今没法儿亲和的。而陀氏的作品，是我所读过的外国小说中病态迹象呈现得显著的……

我觉得高尔基评说陀氏是"一个凶恶的天才"，用词太狠了，绝对的不公正。

我认为陀氏是"一个病态的天才"。

首先是天才。其次有些病态。因其病态而使作品每每营造出紧张压抑、阴幻异迷的气氛。而这正是许多别的作家们纵然蓄意也难以为之的风格。陀氏的作品凭此风格独树一帜。

但那的确非是我所喜欢的小说的风格。

他常使我联想到凡·高。

凡·高是一个心灵多么单纯的大儿童啊！

西方的评论也认为陀氏是一个心灵单纯的大儿童。

我却不这么认为。

我觉得恰恰相反。身为作家，也许陀氏的心灵常常处在内容太繁杂太紊乱的状态了。

因为儿童是从来不想人的灵魂问题的。

成年人难免总要想想的，但若深入地去想，是极糟糕的事。

凡·高以对光线和色彩特别敏感的眼观察大自然，因而留给我们的是美；陀氏却以对人心特别敏感的、神经质的眼观察罪恶在人心里的起源，因而他难免写出一些使人看了不舒服的东西。

这乃是作家与画家相比，作家注定了容易遭到误解与攻讦的前提。

除了陀氏的《白夜》，我还喜欢他的《穷人》。我对他这两篇作品的喜欢和对他某些作品的不喜欢，只怕是难以改变的了……

在二十世纪八十年代以前，对于我这样一个由喜欢看小人书而接触文学的少年，爱弥尔·左拉差不多是一位陌生的法国作家的名字。倒是曾经与他非常友好，后来又化了名在报上攻击他的都德，给我留下极深的记忆。这乃因为，都德的短篇《最后一课》，收入过初中一年级的语文课本里。也被改编成小人书。而且，在收音机里反复以广播小说的形式播讲过。

在我少年时代的小人书铺里，我没发现过由左拉的小说改编的小人书。

肯定是由于左拉的小说不适合改编成小人书供少年们看。

在我是知青的年龄，曾极短暂地拥有过一部左拉的《娜娜》。

那时我已是“兵团”的文学创作员。每年有一次机会到“兵团”总司令部佳木斯市去接受培训。我的表哥家在佳木斯市。我自然会利用每次接受培训的机会去看他。有次他不在家，我几乎将他珍藏的外国小说“洗劫”一空，塞了满满一大手提包带回了我所在的一团宣传股，其中就包括左拉的《娜娜》。手提包里的外国小说其实我都看过，唯《娜娜》闻所未闻。我几次想从提包里翻出来在列车上看，但是不敢。因为在当年，一名青年在列车上看一部外国小说已有那么几分冒天下之大不韪。倘书名还是《娜娜》这么容易使人产生猜想的外国小说，很可能会引起“革命”目光的关注。我认识的几名知青曾在探家所乘的列车上传看过《黑面包干》这么一部前苏联小说，受到周围“革命”乘客的批评而不以为然，结果“革命”乘客们找来了列车长和乘警。列车长和乘警以“有义务爱护青年们的思想”为由收缴《黑面包干》。那几位知青据理力争，振振有词，说《黑面包干》怀着敬爱之情在小说中写到列宁，是一部好小说。对方说，有些书表面看起来是好的，却在字里行间贩卖修正主义的观点。于是强行收缴了去。使那几名知青一路被周围乘客以看待问题青年的眼光备受关注，言行变得不自在起来……

他们的教训告诉我，还是在列车上不看《娜娜》的好。

而这就使我失去了一次当年领略左拉小说的机会。因为，我回到一团团部，将手提包放在宣传股的桌上，去上厕所的当儿，书已被瓜分一空，急赤白脸地要都没人还回一本。《娜娜》自然也不翼而飞。

在复旦大学中文系的内部阅览室，我借阅过左拉的《小酒店》。序言评价那部小说“无情地揭露了资本主义社会制度”。它写的是一名工人和他的妻子从精神到肉体堕落及毁灭的过程。我觉得左拉式的现实主义“真实”得使人周身发冷，使人绝望——对社会制度作用下的底层人群的集体命运感到绝望。在《小酒店》中，底层人物的形象粗俗、卑贱，几乎完全丧失人的自尊意识，并且似乎从来也没感到过对它的需要。他们和她们生存在潮湿、肮脏，到处充满着污秽气味和犯罪企图的环境里，就像狄更斯《雾都孤儿》里那些被上帝抛弃了的、破衣烂衫的、早晨一睁开双眼便开始寻思到哪儿去偷点儿什么东西的孩子。我们在读《雾都孤儿》时，内心里会情不自禁地涌起一阵阵同情。但是在《小酒店》里，我们的同情被左拉那支笔戳得千疮百孔。因为儿童还拥有将来，留给我们为他们命运的改变作祈祷和想象的前提。而《小酒店》里的成年男女已没有将来。他们的将来被社会也被他们自己扔在劣质酒缸里泡尽了生命的血色……

我是自少年起读另一类现实主义小说长大的，它们被冠以“革命现实主义”。在“革命现实主义”小说里，底层人物的命运虽然穷困无助甚或凄惨，但至少还有一种有希望的东西——那就是赖以自尊和改变命运的品质资本，还有他们和她们那一种往往被描写得美好而又始终不渝、令人羡慕的经得起破坏的爱情。这两种“革命现实主义”小说几乎必不可少的因素，在左拉的批判现实主义小说里是少见的。与许多批判现实主义小说尤其不同的是，左拉的批判现实主义小说的笔触极冷，使人联想到“零度感情”状态之下那一种写作。

我后来对于法国历史有了一点了解，开始承认左拉自称“自然主义”的那一种现实主义，可能更真实地逼近着他所处的法国的时代现实的某一面。

而我曾扪心自问，我对左拉式的现实主义保持阅读距离，当然不是左拉的错，而是由于我自己即使作为读者，也一直缺少阅读另类现实主义小说的心理准备。进一步说，我这样的一个自诩坚持现实主义的中国作家，也许是不太有勇气目光逼近地面对更真实太真实的现实的一种。



毕竟，我在我的阅读范围伴随之下的成长，决定了我是一个温和的现实主义作家——与左拉的写作相比较而言。

在对现实主义的理念方面，我更倾向于巴尔扎克。

巴尔扎克对现实的批判态度体现得更睿智一些，因而他将他的系列小说统称为《人间喜剧》。

左拉对现实的批判态度却体现得更“狠”一些……

我在大学里也读了左拉的《娜娜》。那部小说讲述富有且地位显赫的男人们，怎么样用金钱深埋一个风尘女子于声色犬马的享乐的泥沼里；而她怎么样游刃有余地利用她的美貌玩弄他们于股掌之上。结局是她患了一种无药可医的病，像一堆腐肉一样烂死在床上。

娜娜式的人生，确切地说是女人的人生，在中国的现今举不胜举。其大多数活得比娜娜幸运。倘我们不对幸福二字做太过理想主义的理解，那么也可以认为她们的人生不但是幸福的，而且是时兴的。她们中绝少有人患娜娜那一种病，也绝少有人的命运落到娜娜那种可怕的下场。她们生病了，一般总是会在宠养她们的男人们的安排之下，享受比高干还周到的医疗待遇。左拉将他笔下的娜娜的命运下场设计得那么丑秽，证明了左拉的现实主义的确是相当“狠”的一种。比死亡还“狠”。

先我读过《娜娜》的同学悄悄而又神秘地告诉我：“那绝对是值得一读的小说，我刚还，你快去借……”

我借到手了。两天内就读完了。

读过哈代的《德伯家的苔丝》，小仲马的《茶花女》，再读左拉的《娜娜》，只怕是没法儿不失望的。

我想，我的同学说它“绝对是值得一读的”，也许另有含义。

《卢贡家族的命运》和《萌芽》才是左拉的代表作。可惜以后我就远离左拉的小说了，至今没读过。

既没读过左拉的代表作，当然对左拉小说的看法也就肯定是不客观的。比如在以上两部小说中，文学研究资料告诉我，左拉对底层人物形象，确切地说是对法国工人的描写，就从“零度感情”而变得极其真诚热烈了。

好在我写到左拉其实非是要对左拉进行评论，而主要是分析我自己对现实主义的矛盾心理和暧昧理念。

我利用过我与之一向保持距离的左拉的名义一次。那就是在连我自己现在也感到羞耻的小说《恐惧》的写作过程中以及出版以后。

我决定写《恐惧》的初衷是由外部生活现实的“刺激”而产生的。某日接近中午，我从童影厂回家，腋下夹些报刊。五月的阳光暖洋洋的。顺着厂门前人行道刚一拐弯，但见五六十米远处，亦即“清水大澡堂”门前有着行状怪异的三个人——一人伏在地上，双手扳着人行道沿；另外两人各自拽他左右腿……

“清水大澡堂”的前身是“土城饭店”。我们童影的宿舍楼邻它仅十米左右。后来“土城饭店”经过一番门面翻修，变成了“金色朝代”——有卡拉 OK 包间的那一种地方。于是每至夜里十点，小车泊来；拂晓，幽然而去。一天深夜，几乎全楼居民都被枪声惊醒；又一天傍晚，散步的人们都见从“金色朝代”内冲出手持双筒猎枪的魁汉，追赶两名校官，将其中一名用枪托击倒跪于地，而且朝其头上空放了一枪……那一件事发生后，它停业了一个时期，其后变成了“清水大澡堂”……

当我走到距那三人十米远处，才看到地上有血迹。起初我以为只不过是三个喝醉了的男人在胡闹罢了。不由站住，一时难以判断究竟怎么回事。而那个伏在地上的人，就朝我扭头求救：“兄弟，救我一命，兄弟，救我一命……”其声奄奄，目光绝望。我却呆愣着，不知该怎么救他。那时拽他腿的一个人，就放了他的腿，用皮鞋跺他扳住人行道沿的双手。他手一松，自然就被拖着双腿拖向“清水大澡堂”了……

于是他用不堪入耳的话骂我这见死不救的北京人，并惊恐地喃喃自语着：“我完了，我死定了……”

他被拖上台阶时，下巴被几级台阶磕出了血。

这时我才从呆愣状况中反应过来。第一个想法是我得跟进去——企图杀人者不至于当着别人的面杀人吧？

我紧走几步，踏上台阶，进了门——顿时一股血腥扑鼻，满地鲜血，墙上溅的也是血。一个人仰面倒在地上，看去似乎已死；一个人靠墙歪坐，颈上有很长很深的伤口，随着喘气一股一股往外涌血……

我又惊呆了，生平第一次目睹此现场，心咚咚跳，壮着胆子喝道：“不许杀人！杀人要偿命！……”

两个穿黑皮夹克的人中的一个，瞪着我，将一只手探到了怀里……

而那个被拖进来的人却说：“他俩都有枪……”

我不知他为什么说这句话。但结果是我退出了门。我想我得报警。但那就只能回厂。我跑回厂里，让一名警卫战士报警。让两名警卫战士跟我去制止杀人。他们不很情愿地跟我匆匆走着。忽然我心冷静——那个断了两条腿的外地男人，就肯定是好人吗？两名警卫战士还太年轻，且是农村孩子，万一他们遭到什么不测，我这个人将如何向他们的父母交代？于是我又命他们回厂去。他们反倒为我的安危担心起来，偏跟着我了。最后我还是生气地将他们赶了回去……

当我再来到“清水大澡堂”台阶前，那两个穿黑皮夹克的男人恰从门内出来，自我面前踏下台阶，扬长而去。

我想到那个双腿断了的外地男人，推开门看时，见他居然没被弄死。

他说：“幸亏你刚才跟进来了，他们慌了，只顾到二楼去拿钱，才留下我一命……我们是被绑架的，他们是被雇的杀手。”我也不知他说的“我们”，是否即指那一死一伤二人？

此时门外才出现人。

真正报案的是我们童影厂的老厂长于蓝同志……

那一天以后，我觉得，某些原本离我很远的事，其实渐渐地离我很近了。“恐惧”二字，于是总在头脑中盘桓，挥之而不能去。与另外一些积淀心间的人事相融合，遂产生了写一部小说的冲动。

起初我想将“清水大澡堂”当成中国二十世纪九十年代的《小酒店》来写。其中形形色色的人物当然非是底层人们。底层的人们不去那样的地方“洗澡”。

在写前，我想到了左拉那句名言：“无情地揭示社会丑恶的溃疡。”

左拉那句话当时确乎唤起了我的一种作家责任感。我发誓我也要“揭示”得“狠”一点儿。

但进入写作状态不久，我的勇气便自行地渐渐减少了。那时我受到一些恐吓威胁。其文学意味和话语中的杀机，完全是黑社会那一套。我想我的写作不能再图痛快而给我自己和家庭带来不安全的阴影了。结果《恐惧》就改变了初衷，放弃了实践一次左拉那种现实主义的打算。

一种打算放弃了，另一种打算却渗入了头脑。

那就是对印数的追求。进一步明确地说，是对稿费收获的追求。

当时我因自己的种种个人义务和责任，迫切地需要一笔为数不少的钱。

第二种打算一旦渗入头脑，写作的冲动和过程就变质了。

所谓“媚俗”成为不可避免之事。

我在左拉式的批判现实主义与媚俗以迎合市场的打算之间挣扎，却几乎不可救药地越来越滑向后一方面。

那一时期我不失时机地谈左拉“无情地揭示社会丑恶的溃疡”的主张，实则是在替自己写作目的之卑下进行预先的辩护。

《恐惧》出版以后，我常被当众诘问写作动机。于是我只有侃侃地大谈我并不太喜欢的左拉和他的小说。我祭起左拉的文学主张当做自己的盾，虽振振有词，但自己最清楚自己内心里是多么的虚弱。

有一次我又进行很令我头疼的签名售书。有两名中学女生买了《恐惧》。我扣下了她们买的书，让售书员找来了我的另两本书代替之。

那一件事后，《恐惧》真的成了我“心口的疼”。

尽管它给我带来了比我任何一部书都多的稿酬。

我一直暗自发誓要重写它，但一直苦于没有精力。

不过这一件事我肯定是要做的。

我之利用左拉分明是很卑劣的。

我以后的写作实践中再也不会出现那样的“失足”了。

由此我常想另一个问题——那就是一部好书的标准究竟是什么？

对于这样的问题肯定有各种各样的回答。而且，肯定有争议。

但我更希望自己写的书，初中的男孩子女孩子也都是可以看的。家长们不会因他们和她们看我的书而斥责：“怎么看这样的书！”——我自己也不会因而有所不安。

我认为《红与黑》《红字》《简·爱》《复活》《安娜·卡列尼娜》《茶花女》《德伯家的苔丝》《巴黎圣母院》《红楼梦》《聊斋志异》等等都是初中的男孩子女孩子皆可看的书。只要不影响学业，家长们若加以斥责，老师们若反对，那便是家长和老师们的褊狭了。

至于另外一些书，虽然一向也有极高的定评，比如《金瓶梅》或类似的书，我想，我还是不必去实践着写吧。

写了二十余年我渐渐悟到了这么一点——文学的某些古典主义的原理，在现代还远远没被证明已完全过时。也许正是那些原理，维系着人与文学类的书的古老亲情。使人读文学类的书的时光，成为美好的时光。也使人对文学类的书的接受心理，能处在一种优雅的状态。

我想我要从古典主义的原理中，再多发现和取来一些对我有益的东西，而根本不考虑结果自己会否迅速落伍……

最后我想说，我特别特别钦佩左拉在“德雷福斯”案件中的勇敢立场。他为他的立场付出了全部积蓄，再度一贫如洗。同时牺牲了健康、名誉。还被判了刑，失去了朋友，成了整个法兰西的“敌人”，并且被逐出国。

然而他竟没有屈服。

十二年以后他的立场才被证明是正确的。

我认为那件事是左拉人生的“绝唱”。

是的，我特别特别钦佩他此点。

因为，即使在我是血气方刚的青年时都没勇气像左拉那样；现在，则更没勇气了……

劳伦斯这位英国作家是从二十世纪八十年代中期才渐入我头脑的。

那当然是由于他的《查泰莱夫人的情人》中译本的出版。

“文革”前那一部书不可能有中译本。这是无须赘言的——但新中国成立前有。

一九七四年至一九七七年间，我在复旦大学中文系的“内部图书阅览室”也没发现过那一部书和劳氏的别的书。因而，《查泰莱夫人的情人》中译本出版前，我惭愧地承认，对我这个自认为已读过了不少外国小说的“共和国的同龄人”，劳伦斯是一个完全陌生的名字。



读过《查泰莱夫人的情人》的中译本以后，我看到了同名的电影的录像。并且，自己拥有了一盘翻转的。书在当年出版不久便遭禁，虽已是“改革开放”年代，虽我属电影从业人员，但看那样一盘录像，似乎也还是有点儿犯忌。知道我有那样一盘录像的人，曾三五人神秘兮兮地要求到我家去“艺术观摩”。而我几乎每次都将他们反锁在家里。

好多家出版社当年出版了那一部小说。

不同的出版说明和不同的序，皆将那一部小说推崇为“杰作”。皆称劳氏为“天才”的或“鼎鼎大名”的小说家。同时将“大胆的”、“赤裸裸的”、“惊世骇俗”的性爱描写“提示”给读者。当然，也必谈到英国政府禁了它将近四十年。

我读那一部小说没有被性描写的内容“震撼”。

因为我那时已读过《金瓶梅》。还在北影文学部的资料室读到过几册明清年代的艳情小说。《金瓶梅》的“赤裸裸”性爱描写自不必说。明清年代那些所谓艳情小说中的性爱描写，比《金瓶梅》有过之而无不及。在中国各朝各代非“主流”文学中，那类小说俯拾皆是。当然，除了“大胆的”、“赤裸裸”的性爱描写这一共同点，那些东西是不能与《查泰莱夫人的情人》相提并论的。

有比较才有鉴别。

读而后比较的结果是——使劳氏鼎鼎大名的他的那一部小说，在性爱描写方面，反而显得挺含蓄，挺文雅，甚而显得有几分羞涩似的了。总之我认为，劳氏毕竟还是在以相当文学化的态度在他那部小说中描写性爱的。我进一步认为，毫不含蓄地描写性爱的小说，在很久以前的中国，倒可能是世界上最多的。那些东西几乎无任何文学性可言。

我非卫道士。

但是我一向认为，一部小说或别的什么书，主要以“大胆的”、“赤裸裸的”性爱描写而闻名，其价值总是打了折扣的。不管由此点引起多么大的沸扬和风波，终究不太能直接证明其文学的意义。

故我难免会按照我这一代人读小说的很传统的习惯，咀嚼《查泰莱夫人的情人》的思想内容。

我认为它是一部具有无可争议的思想内容的小说。

那思想内容一言以蔽之就是——对英国贵族人氏表示了令他们难以沉默的轻蔑。因为劳氏描写了他们的性无能以及企图遮掩自己性无能真相的虚伪。当然的，也就弘扬了享受性爱的正当权利。

我想，这才是它在英国遭禁的根本缘由。

因为贵族精神是英国之国家精神的一方面；贵族形象是英国民族形象历来引以为自豪的一方面。

在此点上，劳氏的那一部书，似又可列为投枪与匕首式的批判小说。

但英国是小说王国之一。

英国的大师级小说家几个世纪以来层出不穷，一位位彪炳文史。名著之多也是举世公认的。与他们的作品相比，劳氏的小说实在没什么独特的艺术造诣。就论对贵族人士及阶层生活形态的批判吧，劳氏的小说也不比那些大师们的作品更深刻更有力度。

但劳氏鼎鼎大名起来的，分明非是他的小说所达到的艺术高度，而是他的《查泰莱夫人的情人》当时及以后所造成的新闻。

我想，也许我错了，于是借来了他的《儿子与情人》认真地看了一遍。

我没从他的后一部小说看出优秀来。

由劳氏我想到了两点：第一点，我们每一个人作为读者，是多么容易受到宣传和炒作的影响啊。正如触目皆是的广告对我们每一个人的消费意识必发生影响一样。这其实不应感到害羞，也谈不上是什么弱点。但如果不能从人云亦云中摆脱出来，那则有点儿可悲了。第二点，我敢断言，中外一切主要因对性的描写程度“不当”而遭禁的书，那禁令都必然是一时的，有朝一日的解禁都是注定了的。虽禁之未必是作者的什么耻辱，但解禁也同样未必便是一部书的荣耀。

人类文明到今天，对性事的禁忌观念已解放得够彻底，评判一部小说的价值，当高出于论性的是是非非。倘在性以外的内容所留的评判空间庸常，那么“大胆”也不过便是“大胆”、“赤裸裸”也不过便是“赤裸裸”……

我这一种极端个人化的读后杂感，仅作一厢情愿的自言自语式的记录而已，不想与谁争辩的。

随提一笔，根据《查泰莱夫人的情人》改编的电影，抹淡了原著对英国贵族人士的轻蔑，裸爱镜头不少，但拍得并不猥秽。尽管算不上一部多么好的电影，却还是可归于文艺片之列的。

我也基本上同意这样的评论：就劳伦斯本人而言，他对性爱描写的态度，显然是诚实的、激情的和健康的。

我不太喜欢他和他的小说，纯粹由于艺术性方面的阅读感觉。

现在，我要回过头来再谈我自己写作实践中的得失。

首先我要提的是《一个红卫兵的自白》。这一本书，对于在“文革”中刚刚出生和“文革”以后出生的很年轻的一代比较感性地认识“文革”，有一点点解惑的意义。写时的动机正在于此。但也就是一点点的解惑意义而已。因我所经历的“文革”，其具体背景，只不过是一座城市一个省份。而且，只不过是以一名普通中学生的见闻、思想和行为来经历的，自身认识的局限是显然的。虽则“大串联”使我能够写入书中的内容丰富了些，却仍只不过是见闻和一己感受而已。

我更想说的是，也许，此书曾给中国的“新时期”文学，即粉碎“四人帮”以后的文学，带了一个很坏的头。

它是当年第一部写“文革”中的红卫兵心路的长篇小说。

按我的初衷，自然是作为小说来写的。本身曾是红卫兵，自然以第一人称来写。既以第一人称来写，也索性便将自己的真实姓名写入书中了。

刊物的编辑收到稿件后来电话说：这部小说很怪呀，你看专辟一个栏目，将它定为“纪实小说”行不行？

我说：行呀。有什么不行呢？

那大约是一九八五年，我被社会承认是作家才三年多。对于小说以外的文学名堂还所知甚少，也是第一次听到“纪实小说”这一提法。

它当年只发表了一半，另一半刊物不敢发表了。

似乎正是从此以后，“纪实小说”很流行了一阵子。接二连三，在文学界招惹了不少是是非非。连我自己也曾受此文学谬种的严重伤害。

因为“纪实”而又“小说”的结果是明摆着的——利用小说形式影射攻击的事例，古今中外，举不胜举。此本伤人阴伎，倘再冠以“纪实”，被攻击的人哪有不“体无完肤”的呢？若被文痞们驾轻就熟地惯以用之，喷泄私愤，好人遭殃。

故我对“纪实小说”这一文学种类已无好感。



《从复旦到北影》及《京华见闻录》两篇，继《一个红卫兵的自白》之后不久发表。

在复旦我既获得过老师们的关怀爱护，也受到过一些委屈。那些委屈在今天看来是微不足道的，与上一代人的人生磨砺相比更是不值言说的。但我当年才二十五六岁，心理承受能力毕竟脆弱。自以为承受能力强大，其实是脆弱的。何况，从童年至少年至青年，虽然成长于贫穷之境，却一向不乏友爱，难免娇气。又一向被视为好儿童好少年好青年，当知青班长代理排长连队教师，人格方面特别地自尊。偏那委屈又是冲着人格方面压迫来的，于是耿耿心头，不吐不快。

故《从复旦到北影》中，有积怨之气，牢骚之词，也有借题发挥、情节演绎的成分。

它写于十五六年前，证明当年的我，对自己笔下的文字责任感意识不强，要求不高。

倘如今年，心头委屈积怨全释，平和宽厚回望当年人事纷纭，情理梳析，摈弃演绎，娓娓道来，于山雨穴风的政治背景下，翔实客观地反映“工农兵学员”的大学体会和感受，必将是另一面貌，也会有更大的认识价值。

那多好呢！

《京华见闻录》中所录的纪实成分多了，演绎成分少了。就我这样一个具体的中国人的观念而言，就我这样一个当年被视为有“异端思想”的作家而言，却又“正统”多了些，思想拘泥呆板了些。文字的放纵，是弥补不了这一点的。

当年我才三十四五岁，刚入全国作家协会一年多。自以为责人颇宽，克己颇严，其实今天文坛上某些年轻人的轻狂浅薄，刚愎自信，躁行戾气，我身上都是存在过的。

以上两篇，虽能从中看到我的一些真实经历，真实性情，真实心路，真实思想；虽能从中看到一些当年的时代特色，社会状态，人生杂相；虽读起来或挺有意思——但毕竟的，因先天不足，乏大器而呈小器，乏冷静而显浮躁，乏庄重而露轻佻，乏深刻而贩浅薄……

《泯灭》这一部小说，现在看来，前半部较后半部要写得好一点。因为前半部有着自己童年和少年时期的生活为底蕴，可取从容平实、娓娓道来的写法。虽然平实，但情节、细节都是很个人化的，便有独特性，非别人的作品里所司空见惯的。后半部转入了虚构。虚构当然乃是小说家必备的能力，也是起码的能力。但此小说的后半部，实际上是按一个先行的既定的“主题”轨路虚构下去的——对金钱的贪婪使人性扭曲，使人生虽有沉浮荣辱，最终却依然归于毁败。这样的人物，以及由其身上生发出来的这样的主题，当然并没什么不对。翟子卿式的人物在二十世纪八十年代以后的中国现实生活中也并不少，有些典型意义。但此“主题”却太古老陈旧了。近几个世纪以来，尤其西方资本主义时期以来，无数作品都反映过这个“主题”。可以说，二十世纪八十年代以来的第一桩中国经济案中，也都通过真人真事包含了这个主题。而在现实主义小说中，主题对作品有魂的意义。泛化的主题尽管不失为主题，却必然决定了作品的魂方面的简浅常见。

在我的友情关系和亲情关系中，很有一些和我一样的底层人家的儿子，中年命达，或为官掌权，或从商暴富。但近十年间，却接二连三地纷纷变成为阶下囚，往日的踌躇满志化作南柯一梦。他们所犯之案，或省级大要案，或列入全国大要案。这使我特别痛心，也每叹息不已。由于友情和亲情毕竟存在过，法理立场上就难以做到特别的鲜明。这一种沉郁暧昧的心理，需要以一种方式去消解。而写一部小说消解之对我来说是自然而然的方式。直奔一个简浅常见的主题而去，又成了最快捷的方式——我在写作中竟未能从此心理因素的纠缠中明智而自觉地摆脱，全受心理因素的惯力所推，小说便未能在“主题”方面再深掘一层，此一憾也……

喜读引我走上了写的不归人生路。

然读之于我，在绝大多数情况之下并不是为了促进写。

读只不过是少年时养成的习惯，是美好时光的享受而已。

我的读又是那么的不系统。索性的，也便不求系统了。

我从读中确乎受益匪浅。书对我的影响，少年时大于青年时，青年时大于现在。现在我对社会及人生已形成了自己的看法，非是读几本什么书所能匡正或改变的。

尽管如此，以后我不写了，仍会是一个习惯了闲读的人。

读带给我的一种清醒乃是——明白自己往往写得多么平庸……

# 戴橘色套袖的人

是的，他当然属于“环卫工人”中的一员。

但他又肯定的没有北京户口。肯定的不属于工薪阶层。肯定的，在北京并没有家。在其他城市想必也没有家。分明的，他是一个中年农民。

他从哪儿来呢？他在农村的那个家，生活状况如何呢？显然是很贫穷的。可究竟会贫穷到什么程度呢？他在北京栖身于一处什么样的地方呢，他的工作能使他每月挣多少钱呢？

这些，在他活着的时候，都是我所不知道的。

我是隔着我家北屋的窗子“认识”他的。那窗对着元大都古城垣的墟址。十几米宽的小街，每日上午七点至九点是早市。公休日延至十点半。自从有了早市，古城垣那道风景便受着严重的“白色污染”了。肮脏的塑料袋儿触目皆是，一入冬季，挂满光秃秃的树枝，仿佛挂着一片片肮脏的棉团。而自从有了他——那个戴橘色套袖的人，风景才又是风景了。

我第一次隔窗望见他时，他正一动不动地蜷在土岗的凹处。那一天很冷，北风在小街上空呼啸。摆摊儿的小贩不多，逛早市的人也不多。两种人都穿得很厚，他却穿得挺单薄。蜷缩在那儿，怀里搂着塞垃圾的麻袋，像搂着一个孩子。袖着双手。

他用一根一米多长的、一端尖锐的竹竿，一一插住那些肮脏的塑料袋儿，塞进麻袋里去。有几只塑料袋儿挂在很高的树枝上。他就举着竹竿，蹦起来钩。那样也没能钩下来。

妻说："外边太冷了。昨晚天气预报今天零下八九度呢！我不出去买早点了，把米饭热成粥，对付吃点儿算了。"

见我没话，又说："一早晨你站在窗前发的什么呆呀？"

我将妻招到身旁，指着说："你看，那人是不是已经冻死了啊？"

忽然又一阵风吹过，几只肮脏的塑料袋儿被旋上了天空。那看去似乎已经冻死了的人活了，站了起来，仰起头望那几只在空中飘飞的塑料袋儿。风一停，塑料袋儿一落地，他便追逐了过去。他用一根一米多长的、一端尖锐的竹竿，一一插住那些肮脏的塑料袋儿，塞进麻袋里去。有几只塑料袋儿挂在很高的树枝上。他就举着竹竿，蹦起来钩。那样也没能钩下来。但他并不离去，仰望着在树下想主意，仿佛是一头企图吃到嫩叶的瘦羊。后来他登上了土岗，凭借着土岗的高度飞身一跃，凌空之际同时举着手中的竹竿。他钩下了一只塑料袋儿，自己重重地摔在地上。他连摔了几次，挂在树上的塑料袋儿全钩下来了……

我望着，心想，这人太认真了啊！进而又想，也许他只有靠他这股认真劲儿，才能较长久地保住他这份儿"职业"吧？

他很敬业地做完他该做的事儿，就又蜷缩到那凹处去了……

以后，我在写作中驻笔凝思时，常不禁地隔窗望他。有时他蜷缩在那凹处晒太阳，有时不在那儿。不在时，肯定是满公园转着清除污染去了……

有一天我隔窗见他用一柄小铲子铲那凹处，直至将那凹处铲出椅背和椅座的形状……

有一天我见他捡了个纸板箱，拆开来，垫他的"椅座"，挡他的"椅背"。他坐下去试了试，似乎觉得很舒服，很满意……

有一天更冷，我见他在他的"专座"前燃了一小堆火，蹲在那儿取暖。火熄了，又在炭热中拨拨拉拉地烤红薯和鸡蛋。红薯和鸡蛋都是他捡的。小贩们常将烂了一半儿的红薯或破了壳卖不出去的鸡蛋挑出来扔到土岗上，我望见他捡过……

有一天我见几个小伙子在土岗上溜达。他们在他的“专座”那儿站住，议论些什么，接着便一齐往他的“专座”上撒尿。他们嘻嘻哈哈地离去后，他走来了。我见他伫立在他的“专座”前发呆。片刻，他捡起那些纸板，折了几折，塞进了麻袋。

那一天他铲毁他经常晒太阳的“专座”……

第二天我见他在那儿的一棵大树的树干上，钉了一块纸板。纸板上歪歪扭扭地写着几个醒目的粉笔字是——“比处‘今只’大小便!”七个字中错了三个字，招惹得一些逛早市的人指指点点地笑……

那一天他在我隔窗所望的视域内消失了。

那一天妻下班后，翻出了一些旧衣服，说单位又号召职工捐献了。我让她留下一件我曾穿过的棉大衣，打算送给那戴橘色套袖的人……

我没能将那件旧棉大衣送给他，因为一个同样是农村来的小伙子顶替了他。

我问小伙子他哪儿去了！

小伙子说他死了。

“怎么……怎么就会死了呢?”

“他得癌症好多年了。他能活到前几天，全靠心中有个愿望撑着啊！……”

“什么……愿望？……”

“还能是什么愿望？想多带点儿钱回家，盖房子，供他小女儿上中学呗！……”

“他……一个月挣多少钱?”

“每天拾元钱。少干一天，少挣一天的钱。我也是。省着吃，每月也只不过能剩一百多，和如今城市里下岗的工人一比，我们这些农村来的人，也就知足了。”

“你们，白天在这儿没有休息的地方?”

“想在哪儿歇会儿，就往哪儿一坐一缩呗!”

“你这套袖，是他戴过的?”

小伙子默默点了点头。

我将我那件旧棉大衣给了小伙子。

那一天，《中华读书报》的女编辑杨颖来向我约稿，不知怎么，我们谈到了“精神家园”这个话题。

我说：“现在，中国的文化人们，总在那儿喋喋不休地大谈什么‘精神家园’，而我，只要一从报刊上看到这四个字，非但不觉得温馨，反而如酷暑之季中寒，感到周身发冷。”

她说：“你为什么会这样呢？那难道不是很时髦的话语么?”

我说：“是的。很时髦。时髦的话语、总是难免使人听出矫情的意味儿的。如果‘精神家园’只不过就是文人的大小书斋，‘精神追求’只不过就是读经，读史，读哲，读诸子，读圣贤，吟诗自悦，行文自赏，自我尊崇，那么其实没谁进入文人的‘精神家园’，做奋勇抵抗之状是可笑的。起码没人敢闯入文人的书斋，往文人的椅子上撒尿。如果‘精神家园’非指文人的大小书斋，‘精神追求’非指对安逸的书斋生活的过分向往和沉迷，‘精神支柱’也非是‘万般皆下品，惟有读书高’的意思，那么我想，许多根本不读文人爱读的那类书的人，其实也是有他们的‘精神家园’、‘精神追求’和‘精神支柱’的。否则他们觉得没法儿活下去的苦闷，我想一定是远甚于文人们的。只不过他们天生不像文人们那么喜欢自我标榜地喋喋不休罢了。而还存在着不少这样的人——他们连起码的物质的家园也谈不上有。他们明白读书是很好的事，但他们忧愁的是自己的儿女根本上不起学。一个患了癌症的人不得不背井离乡，只为每个月挣很少的一点儿钱寄回家乡盖房子供女儿上学，这不靠一种‘精神支柱’撑持着行么？你能说他们的所求不是追求么？你能彻底分得清他们那一种追求究竟是精神的还是物质的么？文人有资格在内心里暗自轻蔑和嘲笑他们的追求不如自己的追求高雅么？所以，据我想来，文人尽可以恪守自己喜欢的生活方式，但若太过分地自我赞美，则就不但矫情，而且有些讨嫌了。归根结底，文人的‘家园’，也首先是物质组合的，其次才是精神质量的。这精神质量建筑在文人的‘家园’的物质基础之上。这是文人心里比任何非文人的人都更清楚的，所以，我们文人别让非文人的人讨嫌。所以，我从不就文人的‘精神家园’四个字写什么，实在是不愿置自己于被讨嫌的境地。”

杨颖困惑地看着我，不知我为何大发不合时宜之议论。

于是我引她至我家北屋窗前，指着元大都城垣的墟址上那曾被铲出椅状的凹处，向她讲那个我再也望不见了的、戴橘色套袖的人，敬“业”敬职地还那道风景以清洁的人……

同时我想——文人和文人的物质的以及精神的家园，若同他人的生活现状、他人的命运、他人的苦闷忧愁、他人对物质的以及精神的家园的向往与追求被隔开，其实是多么简单的事啊！

简单得只消一扇单窗就够了。

这不知是文人的幸运，还是文人的不幸……

# 读是一种幸福

读书——不，更准确地说，所谓“读”这一种习惯，对我已不啻是一种幸福。这种幸福就在日子里，在每一天的宁静的时光里。不消说，人拥有宁静的时光，这本身便是幸福，而宁静的时光因阅读会显得尤其美好。

我的宁静之享受，常在临睡前，或在旅途中。每天上床之后，枕旁无书，我便睡不着，肯定失眠。外出远足，什么都可能忘带，但书是不会忘带的。书是一个囊括一切的大概念。我最经常看的是人物传记、散文、随笔、杂文、文言小说之类。《读书》、《随笔》、《读者》、《人物》、《世界博览》、《奥秘》都是我喜欢的刊物，是我的人生之友。前不久，友人开始寄给我《世界警察》，看了几期，也喜爱起来。还有就是目前各大报的“星期刊”、“周末版”或副刊。

要了解我所生活的城市，大而至于我们这个国家，我们这个地球，每天正发生着什么事，将要发生什么事，仅凭晚上看电视里的“新闻”，自然是远远不够的。“秀才不出门，便知天下事”，是所谓“秀才”聊以自慰自夸的话。或者是别人们对“秀才”们的揶揄。不过在现代社会里，传播媒介如此之丰富，如此之发达，对于当代人来说，不出门而大致地知道一些“天下事”，也是做得到的。

知道了又怎样？

知道了会丰富我对世界的认识。而这种认识，于我—— 一个以写作为职业的人来说，则是相当重要的。妄谈对世界的认识，似乎口气太大了，那么就说对周遭生活的认识吧。正是通过阅读，我感觉到周遭生活之波有时汹涌澎湃，有时潜流涡旋，有时微波涌荡……



当然，这只是阅读带给我的一方面的兴致。另一方面，通过阅读，我认识了许许多多的人。仿佛每天都有新朋友。我敬爱他们，甘愿以他们为人生的榜样。同时也仿佛看清了许多“敌人”，人类的一切公敌——从人类自身派生出来的到自然环境中对人类起恶影响的事物，我都视为敌人。这一点使我经常感到，爱憎分明于一个人是多么重要的品质。

创作之余，笔滞之时，我会认真地读一会儿文学期刊。若读的正是一篇佳作，便会一口气读完。不管作者认识与否，都会产生读了一篇佳作的满足感。倘是作家朋友们写的，是生活在同一座城市的人，又常忍不住拨电话，将自己读后的满足，传达给对方。这与其说是分享对方的喜悦，莫如说是希望对方分享我的喜悦。倘作者是外地的，还常会忍不住给人家写一封信去。

读，实在是一种幸福。

最后我想说，与我的中学时代相比，现在的中学生，似乎太被学业所压迫了。我的中学时代，是苦于无书可读。买书是买不大起的，尽管那时书价比现在便宜得多。几个同学凑了七八分钱，到小人书铺去看小人书，就是永远值得回忆的往事了。现在的中学生们，可看的太多了，却又陷入选择的迷惘，并且失去了本该拥有的时间。生活也真是太苛刻了。

我挺怜悯现在的中学生的。

我真同情我的中学生朋友们。

# 我最初的故乡是书籍

高尔基说："书籍包含着我们的先人，以及我们同代人的灵魂，书籍似乎就是人们在全世界范围内对本身事业的谈论，就是人类心灵关于生活的记载。"而一位罗马皇帝的临终遗言则是："我最初的故乡是书籍。"

这是一套为初中生和高中生们选编的文学类课外阅读丛书。是为他们，不，同学们，是为开阔和丰富你们的课外阅读视野而做的一件事情。

你们一升到高二，便开始分科了。有的同学归入了文科班，有的同学归入了理科班。

但是你们啊，且莫以为这套丛书仅只是为文科班同学选编的，对理科班同学并没有什么实际的意义。

不，我想建议理科班的高中同学，或虽还在读初中，但已确定了以后的理科志向的同学，在不至于影响理科成绩的前提之下，也是不妨读一读的。

因为，高考虽有文理之分，人却不应一生按高考的区别而活着。也就是说，人不分男女，不论所获是理科学位还是文科学位，多少有一些文学的修养，定比没有要可爱。何况，文学中不只文学，还有其他"营养"种种。正如粮食里不只淀粉，还包含有别的维生素。

一个有读书习惯的人，是善于将安安静静的阅读时光当成一种享受的。会觉得比饱餐美食更是一种享受。会觉得比“泡吧”或沉画于网络聊天室不能自拔更是一种享受。

有此体味的人，与他人是不太一样的。

他深谙生命有时多么需要孤独一下的道理。那时他以书为伴，一卷在手，仿佛与良师益友避开着喧闹，倾心相谈。自然，须是值得一读的书。

而这一种享受，是要从学生时代便有所领悟的。正如好习惯是自小养成的。

同学们，我曾为你们写过一篇短文——《读是一种幸福》。

这套丛书将教你们体味个中幸福。

据我所知，同类丛书，辽宁教育出版社曾出版过一套，是由王蒙和刘心武两位作家主编。高中之小说部分，还收录了我的《同学》一篇。

所以，出版社诚邀我做编委，并请我写序时，我是很迟疑的。

及至详阅了他们寄来的目录，我不再顾虑什么，表示编委可做，序也愿意写。

因为两套书的篇目是很不一样的。

多出一种同类书，也好。

文科的，已买了前一套丛书的，家里经济条件宽裕的同学，不妨再买这一套，相比较地阅读，阅读视野不是就扩大了一倍么?

家里经济条件拮据的同学，也是可以向买了的同学借读的呀。

我十分尊重爱书的人其书必珍的心理。

但我是提倡一人有书，朋友可读的。只要借书的人爱护书，常借常还就行。

我曾多次到中学和大学去与同学们座谈。

同学们往往提出这样的要求：给我们列一份读书单吧！

而我每觉茫然，惘惶，甚至惭愧。

那是我根本列不出来的。

在书店里，我置身于书的海洋，连自己也常感顾此失彼。

我甚至认为，那样的一份书单，已非今日之某一人所能开列。

这一套丛书是他们专门集中了几位优秀的编辑的力量，辛辛苦苦工作了两三个月才确定篇目的。目录中有几篇及作者，对我也是陌生的。

我没从书中发现林语堂的名字和他的文章。

林语堂的文章是我所喜爱的。

我将建议编者们务必补选一二篇。

但愿同学们也会喜欢他的文章。

我是初中生的时候，根本不知道，也没从任何人口中听说过林语堂、徐志摩、梁遇春、沈从文、张爱玲。那时，国内是不出版他们的书的。连图书馆里也没有。现在，同学们不但能读到他们的书，以后上了大学，还能在课上一起与老师分析之，欣赏之。

同学们所了解的中国文学，相对于我们那一代是完整的，而非残缺的。

同学们是幸运的。

人类的文字之运用于文学的写作实践，是最符合人性的实践，也是最能揭示人性之丰富细腻的内容的。

文学使文字不朽。

高尔基说："书籍包含着我们的先人，以及我们同代人的灵魂，书籍似乎就是人们在全世界范围内对本身事业的谈论，就是人类心灵关于生活的记载。"

而一位罗马皇帝的临终遗言则是：“我最初的故乡是书籍。”
同学们，为自己拥有那一“故乡”而读这一套书吧！
尽管我们都不会愚蠢地梦想当皇帝……

# 人性和它的意义

如果一个人只从纯粹自我一方面的感受去追求所谓人生的意义，并且以为唯有这样才会获得最多最大的意义，那么他或她到头来一定所得极少。

确实，我曾多次被问到——“人生有什么意义?”往往，“人生”之后还要加上“究竟”二字。

迄今为止，世上出版过许许多多解答许许多多问题的书籍，证明一直有许许多多的人思考着许许多多的问题。依我想来，在同样许许多多的“世界之最”中，“人生有什么意义”这一个问题，肯定是人的头脑中所产生的最古老、最难以简要回答明白的一个问题吧。而如此这般的一个问题，又简直可以算得上是一个“哥德巴赫猜想”或“相对论”一类的经典问题吧。

动物只有感觉；而人有感受。

动物只有思维；而人有思想。

动物的思维只局限于“现在时”；而人的思想往往由“现在时”推测向“将来时”。

我想，“人生有什么意义”这一个问题，从本质上说，是从“现在时”出发对“将来时”的一种叩问，是对自身命运的一种叩问。世界上只有人关心自身的命运问题。“命运”一词，意味着将来怎样。它绝不是一个仅仅反映“现在时”的词。

“人生有什么意义”这一个问题既与人的思想活动有关，那么我们一查人类的思想史便会发现，原来人类早在几千年以前就希望自我解答“人生有什么意义”的问题了。古今中外，解答可谓千般百种，形形色色。似乎关于这一问题，早已无须再问，也早已无须再答了。可许许多多活在“现在时”的人却还是要一问再问，仿佛根本不曾被问过，也根本不曾有谁解答过。



确实，我回答过这一问题。

每次的回答都不尽相同；每次的回答自己都不满意；有时听了的人似乎还挺满意，但是我十分清楚，最迟第二天他们又会不满意。

因为我自己也时常困惑，时常迷惘，时常怀疑，并时常觉出着自己人生的索然。

我想，“人生有什么意义”这一个问题，最初肯定源于人的头脑中的恐惧意识。人一次又一次许多次地目睹从植物到动物甚而到无生命之物的由生到灭由坚到损由盛到衰由有到无，于是心生出惆怅；人一次又一次许多次地眼见同类种种的死亡情形和与亲爱之人的生离死别，于是心生出生命无常人生苦短的感伤以及对死的本能恐惧——于是“人生有什么意义”的沮丧油然产生。在古代，这体现于一种对于生命脆弱性的恐惧。“老汉活到六十八，好比路旁草一棵；过了今年秋八月，不知来年活不活。”从前，人活七十古来稀，旧戏唱本中老生们类似的念白，最能道出人的无奈之感。而古希腊的哲学家们，亦有认为人生“不过是场梦幻，生命不过是一茎芦苇”的悲观思想。

然而现代了的人类，已有较强的能力掌控生命的天然寿数了，并已有较高的理性接受生死之规律了。现代了的人类却仍往往会叩问“人生的意义”何在，归根结底还是缘自于一种恐惧。这是不同于古人的一种恐惧。这是对所谓“人生质量”尝试过最初的追求而又屡遭挫折，于是竟以为终生无法实现的一种恐惧。这是几乎就要屈服于所谓“厄运”的摆布而打算听天由命时的一种恐惧。这种恐惧之中包含着理由难以获得公认而又程度很大的抱怨。是的，事情往往是这样，当谁长期不能摆脱“人生有什么意义”的纠缠时，谁也就往往真的会屈服于所谓“厄运”的摆布了；也就往往会真的听天由命了；也就往往会对人生持消极到了极点的态度。而那种情况之下，人生在谁那儿，也就往往会由“有什么意义”的疑惑，快速变成了“没有意义”的结论。

对于马，民间有种经验是——“立则好医，卧则难救”。那意思是指——马连睡觉都习惯于站着，只要它自己不放弃生存的本能意识，它总是会忍受着病痛之身顽强地站立着不肯卧倒下去；而它一旦竟病得卧倒了，证明它确实已病得不轻，也同时证明它本身生存的本能意识已被病痛大大地削弱了。而没有它本身生存本能意识的配合，良医良药也是难以治得好它的病的。所以兽医和马的主人，见马病得卧倒了，治好它的信心往往大受影响。他们要做的第一件事，又往往是用布托、绳索带子兜住马腹，将马吊得站立起来，如同武打片中吊起那些飞檐走壁的演员们那一种做法。为什么呢？给马以信心，使马明白，它还没病到根本站立不住的地步。靠了那一种做法，真的会使马明白什么吗？我相信是能的。因为我下乡时多次亲眼看到，病马一旦靠了那一种做法站立着了，它的双眼竟往往会一下子晶亮了起来，它往往会咴咴嘶叫起来。听来那确乎有些激动的意味，有些又开始自信了的意味。

一般而言，儿童和少年不大会问“人生有什么意义”的话，他们倒是很相信人生总归是有些意义的，专等他们长大了去体会。厄运反而不容易一下子将他们从心理上压垮。因为父母和一切爱他们的人，往往会在他们不完全知情时，就默默替他们分担和承受了。老年人也不太会问“人生有什么意义”的话。问谁呢？对晚辈怎么问得出口呢？哪怕忍辱负重了一生，老年人也不太会问谁那么一句话。信佛的，只偶尔独自一个人在内心里默默地问佛。并不希冀解答，仅仅是委屈和抱怨的一种倾诉而已。他们相信即使那么问了，佛品出了抱怨的意味，也是不会责怪他们的。反而，会理解他们，体恤他们。中年人是每每会问“人生有什么意义”的。相互问一句，或自说自话问自己一句。相互问时，回答显然多余。一切都似乎不言自明，于是相互获得某种心理的支持和安慰。自说自话问自己时，其实自己是完全知道着一种意义的。



上有老下有小的人生，对于大多数中年人都是有压力的人生。那压力常常使他们对人生的意义保持格外的清醒。人生的意义在他们那儿是有着另一种解释的——责任。

是的，责任即意义。是的，责任几乎成了大多数是寻常百姓的中年人之人生的最大意义。对上一辈的责任；对儿女的责任；对家庭的责任；总而言之，是子女又为子女，是父母又为父母，是兄弟姐妹又为兄弟姐妹的林林总总的责任和义务，使他们必得对单位对职业也具有铭记在心的责任和义务。

在岗位和职业竞争空前激烈的今天，后一种责任和义务，是尽到前几种责任和义务的保障。这一点不须任何人提醒和教诲，中年人一向明白得很，清楚得很。中年人间或者仅仅在内心里寻思“人生有什么意义”时，事实上往往等于是在重温他们的责任课程，而不是真的有所怀疑。人只有到了中年时，才恍然大悟，原来从小盼着快快长大好好地追求和体会一番的人生的意义，除了种种的责任和义务，留给自己的，即纯粹属于自己的另外的人生的意义，实在是并不太多了。他们老了以后，甚至会继续以所尽之责任和义务尽得究竟怎样，来掂量自己的人生意义。“究竟”二字，在他们那儿，也另有标准和尺度。中年人，尤其是寻常百姓的中年人，尤其是中国之寻常百姓的中年人，其“人生的意义”，至今，如此而已，凡此而已。

“人生有什么意义”这一句话，在某些青年那儿，特别在是独生子女的小青年们那儿问出口时，含义与大多数是他们父母的中年人是根本不相同的。其含义往往是——如果我不能这样；如果我不能那样；如果我实际的人生并不像我希望的那样；如果我希望的生活并不能服务于我的人生；如果我不快乐；如果我不满足；如果我爱的人却不爱我；如果爱我的人又爱上了别人；如果我奋斗了却以失败告终；如果我大大地付出了竟没有获得丰厚的回报；如果我忍辱负重了一番却仍竹篮打水一场空；如果……如果……那么人生对于我究竟还有什么意义？

他们哪里知道啊，对于他们的是中年人的父母，尤其是寻常百姓的中年人的父母，他们往往即是父母之人生的首要的、最大的、有时几乎是全部的意义。他们若是这样的，他们是父母之人生的意义；他们若是那样的，他们是父母之人生的意义；换言之，不论他们是怎样的，他们都是父母之人生的意义；而当他们倍觉人生没有意义时，他们还是父母之人生的意义；若他们奋斗成为所谓“成功者”了，他们的父母之人生的意义，于是似乎得到一种明证了；而他们若一生平凡着呢？尽管他们一生平凡着，他们仍是父母之人生的意义。普天下之中年人，很少像青年人一样，因了儿女之人生的平凡，而备感自己之人生的没意义。恰恰相反，他们越平凡，他们的平凡的父母，所意识到的责任便往往越大，越多……

由此我们得到一种结论，所谓“人生的意义”，它一向至少是由三部分组成的：一部分是纯粹自我的感受；一部分是爱自己和被自己所爱的人的感受；还有一部分是社会和更多有时甚至是千千万万别人们的感受。

当一个青年听到一个他渴望娶其为妻的姑娘说“我愿意”时，他由此顿觉人生饱满着一切意义了，那么这是纯粹自我的感受。



“世上只有妈妈好，有妈的孩子是块宝。”——这两句歌词，其实唱出的更是作为母亲的女人的一种人生意义。也许她自己的人生是充满苦涩的，但其绝对不可低估的人生之意义，宝贵地体现在她的孩子身上了。

爱迪生之人生的意义，体现在享受电灯、电话等发明成果的全世界人身上；林肯之人生的意义，体现在当时美国获得解放的黑奴们身上；曼德拉的人生意义体现于南非这个国家了；而俄罗斯人民，一定会将普京之人生的意义，大书特书在他们的历史上……

如果一个人只从纯粹自我一方面的感受去追求所谓人生的意义，并且以为唯有这样才会获得最多最大的意义，那么他或她到头来一定所得极少。最多，也仅能得到三分之一罢了。但倘若一个人的人生在纯粹自我方面的意义缺少甚多，尽管其人生作为的性质是很崇高的；那么在获得尊敬的同时，必然也引起同情。比如阿拉法特，无论巴勒斯坦在他活着的时候能否实现艰难的建国之梦，他的人生之大意义对于巴勒斯坦人都是明摆在那儿的。然而，我深深地同情这一位将自己的人生完完全全民族目标化了的政治老人……

权力、财富、地位、高贵得无与伦比的生活方式，这其中任何一种都不能单一地构成人生的意义。即使合并起来加于一身，对于人生之意义而言，也还是嫌少。

这就是为什么戴安娜王妃活得不像我们常人以为的那般幸福的原因。贫穷、平凡、没有机会受到过高等教育终生从事收入低微的职业，这其中任何一种都不能单一地造成对人生意义的彻底抵消。

即使合并起来也还是不能。因为哪怕命运从一个人身上夺走了人生的意义，却难以完全夺走另外一部分，就是体现在爱我们也被我们所爱的人身上的那一部分。哪怕仅仅是相依为命的爱人，或一个失去了我们就会感到悲伤万分的孩子……

而这一种人生之意义，即使卑微，对于爱我们也被我们所爱的人而言，可谓大矣！

人生一切其他的意义，往往是在这一种最基本的意义上生长出来的。

好比甘蔗是由它自身的某一小段生长出来的……

# 人生因阅读而精彩

## ——梁晓声作品编后语

《与大师面对面精品丛书》终于和读者见面了。这个系列包括了中国当代最受读者喜爱的一系列作家。如梁晓声、肖复兴、叶圣陶、毕淑敏、萧红、朱自清、鲁迅、老舍、巴金，等等。他们的作品内容包罗万象，极其生动有趣，他们以自己的善良坦诚和真知灼见为千千万万读者点燃了心灵的明灯。

我们先期推出的是著名作家梁晓声的作品精选集《父亲》《母亲》《慈母情深》《普通人》《中国社会各阶层分析》《年轮》《梁晓声文集·散文杂文卷一》这几本书和著名作家肖复兴的作品精选集《那片绿绿的爬山虎》《早恋》等，以后还有一些内容更为精彩的书将陆续推出。这套丛书的主要读者对象是大中学生和爱好文学的青少年读者以及各位作家的众多“粉丝”。

先谈梁晓声老师的作品。许多年纪稍大的读者，熟悉梁晓声的名字是从《这是一片神奇的土地》《今夜有暴风雪》《雪城》《年轮》等中篇、长篇小说开始的。这些轰动一时的力作，曾被改编成电视连续剧，甚至其插曲也是万口传唱，雅俗共赏。梁晓声因而成为公认的“知青文学”的奠基人之一。

从那时开始，梁晓声成为当代文坛一个十分活跃、惊人高产的著名作家——三十多年的时间他竟写出了八十余部中篇小说，多部中篇获得了中篇小说选刊奖；他的长篇、短篇及杂体文也是内容丰富、包罗万象，如《缪斯之子》《欲说》《政协委员》《郁闷的中国人》《中国社会各阶层的分析》等。而《知青》这部45集的电视连续剧，2012年在央视黄金档播出后，更是掀起了又一轮收视热潮，并引起了强烈的社会反响。

他的作品还被美国、日本等国家选为教育青少年和学习中文的高级范本，如《喷壶》《父亲》《从复旦到北影》《京华见闻录》等，《鹿心血》曾被拍成电影作为国礼送给了访华时的前苏联领导人戈尔巴乔夫，并获得2010年中国散文排行榜第一名。

在中国，他的作品还被选为教育部指定的中学课外读物，如《书和人的亲情》《我和橘皮的往事》《双琴祭》《父亲的演员生涯》《玻璃匠和他的儿子》《普通人》等（见本社出版的《父亲》《慈母情深》等书）。《双琴祭》获2011年中国微型小说排行榜第二名。《读者》等优秀杂志也多次转载他的多篇散文。

《母亲》一书获得新闻出版总署第六次向全国青少年推荐的优秀图书奖，在网上和书店广受读者喜爱。2010年1月，北京电视台以《母亲》一书为话题，对梁晓声先生进行了一个多小时的专访。热心读者现场购书500多册。

梁晓声作品最鲜明的特色就是对真、善、美的讴歌及对平民小人物的关注。

在他笔下，那些生活在社会底层的人们虽然终日为生计奔波，但他们却有令人尊敬的精神世界，如《不速之客》《玻璃匠和他的儿子》《还是爱兵》等等；更为难能可贵的是，他的一些短篇小说或散文成为中苏边界趣闻轶事少有的见证，如《鹿心血》《非礼节性访问》《边境村纪实》等；他的反映校园生活的《我的大学》《毕业生》《表弟》《老师》等深受大中学生们的喜爱；还有许多篇反映亲情、爱情、师恩的小说《白发卡》《黑纽扣》《父亲》《母亲》《老师》等作品，曾是那么深地打动过一代又一代读者，成为他们回味父母之恩、寄托情感的一种特殊方式。

本系列图书2005年首次出版时，引起了较大的反响。我收到了大量读者来信、来电，因为梁晓声作品引起了他们的强烈共鸣，深深地感动了他们。

大学生王芳来信说："读梁晓声的《父亲》，我哭了几次，都是感动的泪……他的文章是那么朴实生动又耐人寻味，让人觉得真实而又感人。借这本书我跑了三次图书馆才最终如愿以偿，它实在是太好了……很感谢你们能够出版如此有意义的读物，但愿以后还能读到类似的好书……"

天津大学的女研究生凌力力和河北、山东、湖南等地的读者来信也深情地赞扬了这本书给他们心灵上的洗礼和震撼。

用平易生动的文字写出最打动人心的故事，这是梁晓声的另一特色。

读着他笔下的凡人小事，你可能会不知不觉间已泪流满面。在他看来，文学是国家、民族的史外史，是政治史、经济史的副本。因为，正史对细节是忽略不计的，而文学则为我们提供了了解一个国家、一个民族的历史细节。字里行间，我们能够感受到他的善良、坦荡和矢志不渝的追求，正因为如此，他的作品才感动了千千万万人，而梁晓声也成为国务院温家宝总理亲自聘任的中央文史研究馆馆员，成为少见的作家馆员。2010年，梁晓声被广大中小学师生评为"最受中小学生喜爱的十大当代作家"。

毫无疑问，梁晓声是有社会责任感的作家，在中国当代文坛，梁晓声成为现实主义文学和平民代言人。因而，他被称为"平民作家"、"中国的巴尔扎克"；某报公开评选"感动中国的十位作家"，梁晓声榜上有名。

目前，我国正处于社会迅速发展的转型期，青少年的升学、就业等生存压力越来越大，梁晓声作品中表现出来的积极向上、知恩图报、先人后己的价值取向和平民情结，对于渴望成功、价值观正在形成的青少年和文学爱好者来说，具有独特的不可替代的作用，他们最需要人生的导师和心灵的滋润。鉴于此，我们决定从作家大量作品中遴选最有故事性、最感人、最有益心灵成长的内容，呈献给学生和广大青少年文学爱好者和广大的“梁迷”朋友，但愿能有益于你们，使你们能因此受到启发和鼓舞，找到自己的人生目标，早日叩开成功与幸福之门。

2012年5月30日于北京

于胭梅

# 媒体及教育系统对本书的推荐阅读名单

（排名不分先后）

当代著名教育改革家，全国中青年有突出贡献的专家，首届中国十大杰出青年、原辽宁省盘锦市教育局党委书记、局长、全国第十三到十七届人大代表 **魏书生**

中国青少年研究中心副主任、研究员，国务院有突出贡献的专家、中国作家协会全国委员会委员兼儿童文学委员会委员，《少年儿童研究》杂志总编辑 **孙云晓**

首都师范大学语文报刊社社长、全国中语会副会长、博士、首都师范大学哲学硕士导师、教授 **陈　鹏**

杭州市拱宸桥小学教育集团理事长兼拱宸桥小学校长、特级教师、国家级学科带头人、全国五一劳动奖章获得者、浙江省小语会副会长、杭州市小语会会长 **王崧舟**

南京师范大学附中特级教师、苏教版初中语文主要编委、杂文家 **王栋生**

山东师范大学副校长、文学硕士研究生导师、山东省政协委员、研究员 **王少华**

首都师范大学附属中学语文高级教师、北京市语文学科带头人、首届“语通杯”全国教改新星、全国哲学社会科学“十五”规划国家级子课题“素质教育与语文创新阅读写作研究”项目负责人、全国教育科学“十一五”教育部规划课题子课题（《现代文阅读教学实效性的教学策略研究》）项目负责人 **刘　明**

山东省诸城市教育局党委书记、局长；全国中学语文教学专业委员会理事、全国青年语文教师研究中心副理事长、曾荣获“中国潜力校长”、特级教师 **李庆平**

北京市文汇中学书记兼校长 **王桃桃**

齐鲁师范学院文学院教授、文化与传播教研室主任、山东师范大学硕士生导师、山东省教学名师 **吴冰沁**

全国中语会理事、山东省教学研究室中学语文教研员，山东省教育学会常务理事、山东省中语会副会长兼秘书长、特级教师 鲁教版语文教材主编 **厉复东**

山东师范大学附中校长、齐鲁名校长、特级教师、山东省劳动模范 **于树增**

北京市中关村中学党委书记兼校长、中学高级教师、“全国三八红旗手”、“首都巾帼十杰”、“北京市三八红旗手”、“北京市杰出校长” **邢筱萍**

重庆九龙坡区第一实验小学校长、享受国务院特殊津贴专家、全国优秀教师、全国小学十佳卓越校长，全国“科技之星”优秀工作者、国家教育基层质量管理决策专家委员、特级教师 **陈光培**

西南大学附属小学校长、重庆十佳校长、全国科研型教师、特级教师 **唐炳琼**

北京市牛栏山一中语文特级教师 、全国中语会理事、北京市学科带头人、骨干教师、北京版高中《语文》教材编写组成员，北京市杂文学会理事、全国优秀教师 **刘德水**

北京市教育学院丰台分院中学语文特级教师、中考命题专家、区特级教师工作室导师 **董华林**

山东省青州市劳动模范、教育局副局长、原青州八中校长、语文高级教师、市级骨干教师 **刘恩群**

河南师范大学附中特级教师 **周枫林**

山东潍坊一中校长、齐鲁名校长 **于允锋**

山东临沂二十中学校长、齐鲁名校长、特级教师 **姜怀顺**

山东省诸城市实验中学副校长 、高级语文教师 **魏山金**

山东省诸城市实验中学语文教师、潍坊市教学能手、全国优秀语文教师 **秦 涛**

北京大兴区教师进修学校副校长、高级教师、北京教育科学研究院兼职教研员、市级学科带头人 **王书明**

山东省潍坊市寒亭区第一中学校长、语文特级教师、中国教育学会中学语文教学专业委员会会员、中语会理事、全国优秀教师

**高 斌**

西南大学附属小学优秀语文教师、重庆市市级骨干教师，市级优秀教研组长 **申 玲**

北京大兴区教师进修学校高级语文教师 市级骨干教师、学科带头人

**宋宗颖**

北京大兴区教师进修学校教研员、高级语文教师、市级骨干教师、学科带头人 **周平安**

北京师范大学大兴附中高级语文教师、区级骨干教师 **吴业康**

北京四中高中优秀、高级语文教师 **连中国**

复旦大学附中特级教师 **黄荣华**

北京市顺义区教育考试研究中心小语教研员、北京市骨干教师、学科带头人 **孔凡艳**

山东省淄博市教学研究室教研员、教育科学研究所副所长、语文高级教师　　魏耕祥

曲阜师范大学附中副校长、山东省“跨世纪园丁工程计划人才、特级教师　　王友才

山东省济南中学副校长、全国优秀教师　　王泽潭

上海市第二中学高级语文教师　　吕增耀

江西师范大学附中校长　　汤赛南

北京市大兴区兴华中学优秀高级语文教师　　赵　平

北京市大兴第一中学高级语文教师、区级骨干教师　　康　珺

华北油田供应处中学高级教师、全国优秀教师　　李凤平

北京市大兴第三中学语文教师　　吴瑞霞

安徽师范大学附中校长　　凌光明

山东省诸城实验中学高中部优秀一级语文教师　　郑晓燕

山东省诸城实验中学高中部优秀一级语文教师　　乔俊江

山东省诸城实验中学高中部优秀一级语文教师　　陈　浩

山西省临汾市教研室主任、特级教师　　张苏华

《小学生拼音报》总编辑　　李　军

山西省实验中学教导处主任、特级教师　　樊玉仙

山东省日照开发区中学校长、特级教师　　张作民

山东省文登市第二实验小学校长、齐鲁名师　　邢毅丽

山东省诸城实验中学优秀语文教师　　宋　君

呼和浩特市第一中学校语文特级教师、国家级中小学骨干教师、内蒙古自治区骨干教师培训班主讲教师、呼市语文学会常务理事、呼市教研室高中语文兼职教研员、呼和浩特市首批语文学科带头人　　张明星

河北隆化董存瑞中学校长　　孟颜军
山东省潍坊市广文中学校长、齐鲁名校长　　赵桂霞
山东省潍坊市广文中学特级教师、全国十大杰出母亲　　刘湘玉
山西省太原市第五中学特级教师　　郭蕴璧
江西省南昌市第十七中学特级教师　　王道信
山东省青岛市平度实验中学校长、齐鲁名校长　　崔　仁
江苏省泰州市第二附中语文高级老师、省教育科研课题组副组长　　汤文彬
山东省潍坊市教科院语文教研员高级教师　　李秀伟
内蒙古通辽市开发区教导主任、中学语文高级教师　　肖桂兰
内蒙古通辽市开发区教研室教研员、高级教师　　李秀环
海南省海口市实验中学校长、全国优秀教师、海南省骨干教师、学科带头人　　林茵茵
海南省琼海市博鳌中学校长　　李　飞
海南省琼海市华侨中学校长　　吴李平